ぶっ壊れ錬金術師《チート・アルケミスト》はいつか本気を出してみたい

魔導と科学を極めたら異世界最強になりました

登場人物紹介
アフェリース
リーヴェを転生させた女神。
瀬立理英
リーヴェの前世の姿。
リーヴェ・シェルム
天才物理学者だったが、
勇者に巻き込まれて転生した。
もらったお詫びスキルで
無双する。

アトレチオ
総合魔導具店を
営む悪徳商人。
テオ
ポーション
専門店の店主。
ハインローグ
ユーディス王国の
第一王子。
シアン
ぶっきらぼうだが、
リーヴェを助けてくれる
獣人。
ベラニカ
アトレチオの部下。
リーヴェを目の敵に
している。

第一章　錬金術師への転生

一．迷惑な女神

「あっれ……ここどこ？」

瀬立理英《せりゅうりえ》はふと目を覚ますと、見覚えのない場所に自分がいることに気付いた。

周りにはもやがうっすらと立ちこめ、どこまでも果てしなく白い地面が広がっている。

空には太陽も何もないのに、空間自体が光っているように妙に明るい。

そして目の前には金髪ロングヘアーの美女が立っていた。

「すみません、手違いであなたの人生を終わらせてしまいました」

特に大きな声を出したわけでもないのに、どこまでも届くような不思議な声。

それはとても心地の好い声調《トーン》で、ずっと聴いていたいと思わせるほど。

（この人めっちゃ綺麗だし、女優さんかな？　古代のギリシャ人みたいな仰々《ぎょうぎょう》しい服も着てるし。……ひょっとして、私ってば何かの撮影にまぎれ込んじゃったのかしら？）

心当たりのないことでいきなり謝罪されて、普段は冷静な理英もさすがに混乱した。

瀬立理英——彼女は生まれながらの天才で、わずか十二歳にして飛び級で世界最高峰の理工大学に入学。十六歳で応用物理学と生物物理学のダブル博士号を取得し、その後は現代最高の研究機関である、ドイツの物理学研究所に入所する。

恐れというものを知らない彼女の科学に対する大胆な発想は、研究所でも大いに発揮された。

二十二歳で特殊科学研究室長に就任した理英は、狂気の天才テスラの再来とも言われ、ついたあだ名は『レディ・テスラ』。

そんな彼女が何故こんな場所にいるのか？

理英はゆっくりと立ち上がり、目の前の女性に問いただす。

「あのう……手違いってなんですか？　失礼ですが、あなたは誰ですか？」

「わたしは女神アフェリース。ここは現世と天界の狭間にある、亡くなられた方の魂を一時的に留め置くための『導きの間』です」

……やばいヤツと会ってしまった。

理英は直感的に恐怖を感じ、身構えた。

基本的には怖いものなしの彼女だが、科学的理屈が通じないヤツは大の苦手だ。

これ以上話すと思考回路がショートしてしまう。そう結論に至り、理英はすぐさま後ろを向いて逃げ出そうとした。

「お待ちください、これは本当のことです。あなたは手違いで死んでしまって、ここへ送られてきたのです」

「いい加減なこと言わないでちょうだい！　私は現にこうして生きてるじゃないの！」

「いえ、死んでます。その証拠に、ほら……」

と、女神アフェリースと名乗った女が理英に向かって小石のような物体を投げると、それは理英の体をスゥーッと素通りしてしまった。

「あ、ホントだ！　私死んでる！」

即座に納得した理英に、女神アフェリースは思わずズッコケた。

超天才的思考を持つ理英は、理解も早かった。

「あ、あの……ええ、信じていただけて何よりです」

「で、私が死んでるのは分かったけど、さっきアンタは手違いがどうのこうの言ってたよね？　それを説明してちょうだい」

女神を『アンタ』と呼ぶなど、まさに神をも恐れぬ行為。

というより、科学こそ絶対と考える理英は、これまで神など信じていなかった。

普通の人間ならここで神の存在に驚くところだが、理解力に優れた理英はそれも瞬時に納得して呑み込む。

話の早い女である。

「実は地球とは違う世界、つまり『異世界』が現在、窮地に陥《おちい》ってましまして……」

「ほほう、異世界なんてものがあると」

「はい。異世界に魔王が復活しそうなので、それを倒す使命を持った人間『勇者』を選別して、異世界へ送っているのです」

「その『勇者』ってのに私が選ばれたと？」

「いえ、選ばれたのは別の人間です。その方を異世界に送るため、トラック事故で……」

「ああっ、思い出したっ！」

理英は、道路を普通に歩いていたら、大型トラックが自分目掛けてまっしぐらに突っ込んできたことを思い出す。

「慌てて避けたのに、あのトラックってば、私が逃げた方向にわざわざハンドルを切って追っかけてきたんだった！　もしかしてアレはアンタの仕業《しわざ》か⁉」

「はい、そうなんです。本当はあなたの後ろにいた男性が『勇者』だったんですけど、あなたが男性と一緒の方向に避けたので、仕方なく一緒に轢《ひ》いちゃったんです」

理英はあのとき、ちゃんとトラックの進行方向から身を躱《かわ》していた。

それなのに、逃がさないとばかりに進路を変えてきたのが不思議だったが、あれは意思を持って轢《ひ》き殺しに来ていたのか。

「なんつーハタ迷惑なことしてくれたのよっ！　っていうか、手違いじゃなくて意図的に私を殺してるじゃない！　アンタ邪神かっ⁉」

「本当にすみませんっ」

神様のクセして、そんな手荒な方法で異世界へ送るだなんて、さすがの理英も呆れた。

ほかにやり方はなかったのか？

こんなことに巻き込まれたトラックの運転手にも同情する。

「それで、勇者の方はすでに異世界にお送りしましたので、次にあなたをどうしようかと悩んでいたところです」

「元の地球に帰しなさいよ！　女神ならそれくらいできるんでしょ⁉」

「いえ、一度死んだ世界には戻れないルールなんです」

この女神、殺してやりたい……理英は思わず神を殺す者《ゴッドスレイヤー》に目覚めそうになる。

「ですので、申し訳ありませんがあなたも異世界にお送りすることにしました。異世界の言葉や文字については自動翻訳されますので問題ありません。今回は完全にこちらの手違いですので、あなたにはお詫びに超有能なスキルを差し上げます。魔王は勇者たちに任せて、理英さんはそこで自由に生きてください」

今の言い方から察するに、『勇者』というのは何人もいるのかと、理英はこれもすぐに理解する。

ならば女神の言葉に甘えて、自分は遠慮なくのんびり第二の人生を過ごさせてもらうとしよう。

考えてみれば毎日研究三昧《ざんまい》だったし、両親も事故で去年亡くなってしまった。

よって、地球に対してそれほど未練はなかった。

「分かったわ。じゃあその『超有能なスキル』ってのをちょうだい」

「は、はい、では『超成長』というのはどうでしょう？」

「『超成長』？　どんなことができるの？」

「これは一秒間に1経験値が自動的に入ってくるスキルです」

「経験値って何？　ゲームみたいなヤツ？」

「そうです。地球人に分かりやすいように『経験値』と言いましたが、これは異世界での成長エネルギーです」

「ふーん」

「これなら絶対に満足していただけるかと……」

「やだ」

「…………え？」

即答で拒否されてビックリする女神アフェリース。

自分としてはかなり奮発したつもりだが、ちょっと説明不足だったかと反省する。

「待ってください、一秒間に1経験値入ってくれば、一日で86400EXP、一年で31536000EXPにもなるんですよ？」

「そんなこと、○・一秒で計算できたわよ。でも経験値《そんなもの》もらったってしょうがないでしょ」

「あのですね、経験値というのは異世界では非常に重要でして……」

「経験値でメシが食えるかーっ！」

「は、はいいっ⁉」

想定外の反論を受け、女神アフェリースはパニックになる。

「け、経験値がたくさんあれば、多分異世界でも上手くやっていけると思いますけど？　一秒間に1経験値もらえたら、あっという間に最強クラスになれますし……」

「経験値でメシが食えるのか？　どうなんだ女神、答えてみろ！」

「ええっ⁉　？　？　……は、はい、経験値ではご飯は食べられ……ません？」

自分でもなんだかよく分からないまま、アフェリースは理英の勢いに押されてあやふやに答えてしまった。

「そら見ろ。私を騙そうとしやがって、やはり信用できない女神だ」

理英は勝ち誇っているが、アフェリースが提案した『超成長』は食うには困らない能力を持つスキルだ。

確かに、経験値をもらっても直接的には生活できないが、強くなればできる仕事も増える。

だから間接的には問題なくご飯を食べていけるわけだが、しかし、その説明をさせない迫力が理英にはあった。

（こ、この人怖い……）

実はアフェリースは異世界転送の担当になるのは今回が初めてだったのだが、理英と会うまでにすでに何人も勇者を送っていた。

しかし、女神である自分に反抗するようなタイプはいなかった。

自分はとんでもないミスをしてしまったのではないかと、改めて理英のヤバさに女神アフェリースは気付く。

「で、ではですね、本来は『勇者』にしか授けないスキルですが、『破壊の勇者』という……」

「それは食えるスキルか？」

「さ、最強の破壊力を持つスキ……」

「そんなのいらない。破壊力で食えたら苦労しないっつーの！」

けっしてそんなことはないのだが、研究一筋で生きてきた理英には、破壊力をどう仕事に活かすのかが分からなかった。

いや、まったく理解できないというわけではないのだが、科学者気質の理英は、何かを生み出すような生産的な仕事を生業《なりわい》にしたいと思っているのだ。

「じゃ、じゃあ、『神眼の勇者』……」

「食えるか？」

「た……食べられませんっ。では、『暴食の勇者』なら……」

「お、ようやく良さそうなの出てきたじゃない。『暴食』ってことはお腹一杯食べられるってことよね？　いったいどんな能力なの？」

「物質とか色んな攻撃とか、なんでも吸収しちゃうスキルです」

「それは物理的にものを食べる能力じゃないの！　そうじゃなくて、仕事として食べていける能力が欲しいのよ！　アンタ馬鹿なの？」

「ご、ごめんなさい～っ」

アフェリースはとうとう泣き出した。

こんなに怖い人間がいるなんて思ってもいなかったのだ。

アフェリースは女神でありながら、一秒でも早くこの場から逃げ出したいと神に願う。

「あ、あの、では逆に、どんな能力がお望みでしょうか……？」

もはや何を言っても怒られそうなので、理英の機嫌を損ねないよう、アフェリースはおどおどと顔色を窺《うかが》いながら欲しいスキルを訊いてみることにした。

「う～ん……例えば一秒ごとに食べ物とかお金が湧いてくるようなヤツはないの？」

「物質を無限生成するのは物理法則的にも問題が生じそうですし、ちょっと無理ですね」

「今のはほんの冗談よ。そうね、やっぱり実験とか研究が好きだから、そういうことを仕事にして食べていけるようなヤツが欲しいわ」

「な、なるほど。では………『魔導器創造』というのはどうでしょう？」

「それはどんなことができるの？」

「えーと、頭に描いた実験装置や魔導アイテムが作れるスキルです」

「何それ、すごいじゃないの！　そういうのが欲しかったのよ！」

理英の喜ぶ姿を見て、アフェリースはようやく希望の光が見えた気がした。

「一応、なんでも作れるわけではありません。具現化するには、まずそれを構成する素材が必要となります。ほかにも条件はありますが、それはスキルを習得すれば分かります」

「それでいいわ。アンタもやればできるじゃない」

「きょ、恐縮です」

人間に上から目線で評価されたのに、アフェリースは心底ホッとしていた。

まるで厳しい上司に認められたような気分だった。

「では『魔導器創造』を授けますね……はい、これでもう理英さんはスキルを習得しました。ステータスも見られるようになってますので、あとで色々確認してみてください」

「ステータス？　ホントにゲームみたいなのね。まあ分かりやすくていいわ。これで私を殺したことを許してあげる。アンタにも事情があるみたいだしね」

「り……理英さん……ありがとうございます！」

理英の手を取り、涙を流しながらアフェリースは感激する。

ひょっとしたら、この一連のやり取りでアフェリースは洗脳されたのかもしれない。

これまで生きてきた中で、上位神に褒められたとき以上に嬉しく感じていた。

「理英さん、満足していただいたついでに、この神具もお渡しいたします」

嬉しさが有り余って、アフェリースはさらに追加のアイテムも授けてしまう。

それは分厚いアルバムのようなものだった。

「何コレ？　見た目よりもずっと軽い。なんだか図鑑みたいな感じだけど……？」

「これは『ラジエルの書』というもので、これから行く異世界の色々な知識が書かれている本なのです」

「あら便利ね。でも、大きくて持ち運ぶには面倒ね……何か入れる袋とかないかしら？」

「それなら大丈夫です。これは理英さんにしか見えないアイテムで、必要ないときはその存在を消せます。そして出現させるのも自由自在です」

「……あ、ホントだ。考えただけで出したり消したりできるのね。こんなすごいの、もらっちゃってもいいの？」

「きっとお役に立つと思います」

アフェリースは頷きながら返事をする。

「ありがとう。さっきは厳しいこと言っちゃってゴメンね。アンタいい子よ」

「ああ、わたしなんかにもったいないお言葉……」

すでにアフェリースは、理英に喜んでもらえることが何よりの幸せになっていた。

理英は恐らく、とんでもない教祖になれるだろう。

なんなら神になれるかもしれない逸材だ。

「それでは、理英さんを異世界にお送りしますね……異世界《アウグリウム》へようこそ！」

こうして瀬立理英は光とともに異世界へ転送されたのだった。

二．銀髪美少女に転生

「…………はっ、今のは夢!?」

目を覚ました瀬立理英は、女神アフェリースとのやけにリアルなやり取りを思い出し、体をゆっくりと起こす。

そこで自分が草むらで寝ていたことに気付いた。

酔っ払って野外で寝てしまったんだろうかと、あいまいな記憶を辿りつつ周りを見渡すと、全然知らない草原が広がっていた。

（ゆ……夢なんかじゃない！　さっきのは現実だわ！）

理英はすぐに状況を理解した。

女神が言っていた通り、自分は『アウグリウム』という異世界に来てしまったのだ。

服装も、地球で着ていたはずのスーツではなく、麻のような素材でできたシャツとロング丈のパンツになっている。

ステータスウインドウも開けるし、間違いなかった。

（何よあの女神、こんな草原に放り出すことないじゃない！）

知らない世界に連れてこられたうえ、まさか周りに誰もいない場所に飛ばされるとは、さすがの理英も驚いた。

とはいえ、理英がいきなり人間のいる場所に出現したら、それはそれで問題が起こりそうだった。

仕方のないことかと理英は納得する。

よく見れば、遠くに人工的な建造物があった。城壁のような巨大な壁が、ずぅ～っと果てしなく続いている。

まるで万里《ばんり》の長城《ちょうじょう》のようだが、高さはそれよりも遥かに高く、二十メートル以上ある。

地球では決して考えられない景色だ。

異世界ならこれも普通なんだろうか？

とりあえず、理英は女神からもらった『ラジエルの書』を出現させる。異世界の色々な知識が書かれているらしいので、これを読めば状況も分かってくるだろう。

頭の回転が速い理英は、サクサクと自分がすべき行動をしていく。

「……なるほど、そういう世界か」

かなり分厚い本なので、全て読むにはとてつもない時間がかかる。よって、最初に知っておくべき情報だけをかいつまんで理英は読んだ。

それによると、遠くに見えている建造物は、国や街などを囲う防壁だった。

つまり、あの壁の向こう側には大勢の人が住んでいる。

まず行くべきなのはあそこだろう。

そして、この世界は地球と違って科学は発達していないらしいが、代わりにまったく別の文明が成長しているとのこと。

なんとこの世界には『魔法』が存在するのだ。

地球で言うところの『猛獣』に相当する、『モンスター』がいることも知った。

まあ、猛獣とは比べものにならないほど危険な怪物なのだが。

「スキルとか魔法に加え、伝説に出てくるようなモンスターまでいるなんて、本当にゲームみたいな世界なのね。こんな偶然ってあるのかしら？」

ふと理英は、『比較神話学』を思い出していた。

地球の各地に残っている伝承には、無視できない共時性《シンクロニシティ》がある。その原因は謎だったが、ひょっとして異世界は地球の並行世界《パラレルワールド》で、この様々な世界に共通の集合的無意識が存在しているのではないかと思い当たる。

それが地球での神話にも繋がり、魔法やモンスターなどのファンタジー要素を生み出したのではないだろうか？

（地球に帰ったら論文を発表したいところだけど、戻れないいんじゃしょうがないわね）

『ラジエルの書』を消して、さて次にすべきことは何かと考えていると……

「あれ？　私ってば、背が縮んでない？」

自分の視点の高さがいつもと違うことに理英は気付いた。

服装が変わっていることには気付いていたが、まさか体格まで変化している？

よく手足を見てみると、やけに肌が白い。腰まであった長い黒髪も、肩程度のボブカットになっている。

そして髪色は、キラキラと輝く銀色に変化していた。

自分の容姿を確認したくて、理恵は少し先に見えていた川へ慌てて駆け寄り、体を映してみた。

「何よコレ、全然日本人っぽくない！　それに、十五、六歳くらいになってるじゃないの！」

そう、二十五歳だった理英は、十六歳に若返っていたのだ。

身長も、以前は日本人女性として比較的高いほう――百六十八センチあったが、今の自分はだいぶ低いように感じる。

体感では百五十五センチくらいではないかというところだ。

何より、元々あまり大きくなかった胸がさらに小さくなってしまった。それが悔しくてたまらない。

ただし、顔の作りは超絶美形だ。

以前も美人な部類ではあったが、今や絶世の美少女になっている。

とはいえ、顔の美醜にそれほど執着していない理英は、これについては特に喜んではいなかった。ブサイクじゃなくて良かった、と思う程度だ。

ちなみに、理英は地球では眼鏡をかけていたが、転生したこの体は眼鏡なしの裸眼でもよく見えている。そのことに理英はちょっと感動した。

「とりあえず、あの壁のところまで行かなくちゃ」

さっき開いた『ラジエルの書』には、この世界の地図も載っていた。

だが、自分のいる場所が分からなくては、それも活用することができない。あそこへ行けば、自分がどこにいるのかも分かるだろう。

念のため自分の持ち物を確認してみると、クレジットカードみたいなものが服のポケットに入っていた。薄いプラスチックのような素材で、そこには『ユーディス王国所属 リーヴェ・シェルム年齢十六歳』などと表記されている。

ほかには何かの番号も書いてあり、恐らくこれは身分証なのだろうと理英は判断した。

「リーヴェ・シェルムって私の名前？ ……もしかして『理英・瀬立』からモジってつけたの？あの女神ってばセンス悪いわね。どうせ生まれ変わるなら、もっと素敵な名前が良かったわ。ルルーシア・フランチェス・ドゥ・ノーティ・ギュンダーランド・メル・ハイデンバーグとか」

自分のセンスはさておき、ぶつぶつと文句を言いながら理英――リーヴェは、防壁に向かって歩き出す。

すぐに街道を見つけ、それに沿って進んでいくと、一時間ほどで到着した。

太陽（地球の太陽と同一ではない）の位置から考えると、現時刻はだいたいお昼前くらいだろうか？


巨大な防壁には通行用の門が存在し、そこを四人の衛兵が守っていた。

姿は見えないが、雰囲気からしてさらに多くの衛兵が近くに待機しているだろう。

何も分からないだけにリーヴェはかなり緊張したが、挙動不審な態度を取っているとかえって怪しまれる。

心を落ちつけて、身分証を見せながら堂々と門を通ろうとした。

「ちょっと待て！」

しかし、門番はリーヴェを不審な顔で呼び止めた。リーヴェはギクッと思わず体を強張《こわば》らせる。

「な、何か問題でもありますかしら？」

口から心臓が飛び出そうになりつつも、リーヴェは恐る恐る答える。

女神が用意した身分証だ。まさか偽物なんてことはないはず……

いや、あの女神はちょっと抜けている印象があった。この身分証にも致命的なミスがあるのでは……？

リーヴェは脈打つ心臓を必死に抑え込んで冷静さを保つ。

「お前など見たことがないが、本当にユーディスの国民か？」

その口調と雰囲気から、門番はどうも必要以上に警戒しているように見えた。

特に、その目線がやたらリーヴェの頭部に集中している気がする。

見たことないと言われたのも不思議だ。『門から出たところを見てない』と言うならともかく、何故かそもそも国民ではないとまで疑われている。

もちろん、リーヴェとしてはそれを認めるわけにはいかない。

よって、堂々とウソをつく。

「と、当然ですわ。そもそもあなたは、国民の顔を全員覚えてらっしゃるの？」

「全員の顔など覚えてはいない。しかし、そんな銀髪の国民は見たことも聞いたこともない」

「ぎ、銀髪なんていくらでもいるでしょう？」

「確かに、銀色がかった髪ならいくらでもいる。だがそこまで完全な銀色の髪などそうはいない。思い当たるのは伝説の『白銀の魔女《シルバーウィッチ》』くらいだ。そんな銀髪だったら、この王都で話題にならないわけがない」

（そ、そうなの～っ⁉　異世界なら銀髪なんてたくさんいると思ってたのに……あの女神ってば、なんでこんな目立つ髪色にしたのよ！）

思わぬ展開に、リーヴェはかなり動揺した。

このままではまずい。なんとか言い訳をしなくては。

「こ、この髪は目立つので、いつもは帽子で隠しておりますの。だから知らなくても仕方ありませんわ」

「うーむ、そうは言ってもなあ。銀髪……白髪《はくはつ》でも薄い金髪でもない、完璧なまでの銀色……」

門番はリーヴェの髪を見ながら考え込んでいる。

リーヴェは自分でもかなり苦しい説明と思ったが、ほかに良い言い訳が思いつかなかった。

じりじりと緊迫した時間が流れ、冷や汗がだらだらと顔や背中を伝っていく。

「……分かった。特に危険なところもなさそうだし、通行を許可する」

「あ、ありがとうございます！」

門番はしばらく怪しんでいたが、相手はまだ少女ということもあり、危険性はないと判断したようだ。

無事問題をクリアできたリーヴェは、精一杯の笑顔を作ってお礼を言う。

その笑顔を崩さずに、ゆっくりと門をくぐっていった。

（ふー、焦ったわ。いきなり捕まって牢獄行きなんてことになったらたまらないわよ）

地球から来た自分がこの世界でどう扱われるか分からないうちは、そう易々《やすやす》と正体を知られるわけにはいかない。

この世界を救うために送られてきた『勇者』ならいざ知らず、自分はたまたま来ることになったよそ者なのだ。

可能なら、一生この秘密は隠して生きたいところ。

（えっと……さっきの門番は、ここはユーディスって国の王都って言ってたわね）

ユーディスという国は、確かこのアウグリウム世界の北部西側にあったはずだ。

リーヴェは『ラジエルの書』で見た地図を思い出す。

『世界の北部西側』という表現なのは、この異世界《アウグリウム》が、球体の地球と違って平面世界だからである。

球体であれば、『世界の北部西側』などという表現にはならない。

こんな物理法則を無視した世界があるなんて、とリーヴェは驚きとともに少し感心していた。

さて、防壁の内側に入ってみると、そこは巨大な街だった。ここからは見えないが、この街には王城も存在するらしい。

人口も非常に多いようで、行き交う人の群れの様子は地球の大都市と変わらない。ただしその外見は様々で、人間だけじゃなく、ファンタジーに出てきそうな者たちも大勢いた。

見た目はほとんど通常の人間と変わらないが、獣耳や尻尾《しっぽ》など、体の一部に特徴があるのが『獣人』だ。ファンタジーでは定番の『エルフ』や『ドワーフ』までいる。

『ラジエルの書』のおかげでリーヴェはこのことを知ってはいたが、実際に見てみるとやはり驚きは隠せなかった。

そして街を歩く人々は、皆リーヴェのこと——正確には銀色の髪を珍しそうに眺めていく。

明らかに警戒している者までいる。

異世界に来たばかりなのにこれほど注目されてしまうのは、リーヴェとしても困った事態だ。

（これ……まずいわ。帽子でも買って隠さないと！）

と思ったところで、ふと自分がお金を持っていないことに気付く。

正確には、銅貨が一枚だけポケットに入っていた。

色々と問題が山積みだったので、リーヴェは一番大事なことを忘れていた。

（銅貨一枚って、これ多分あんまり価値ないよね？　あの女神〜っ！　……いや、お金くらい自分で稼げってことか。私だって子供じゃないんだから、それくらいは当然よね）

とリーヴェは考えるが、一応十六歳に若返ったので、まあ子供といえば子供だ。

それについてはすっかり頭から抜けているみたいだが。

とはいえ、自分からあれほど『食えるスキル』をねだったのだから、金銭は自分で稼ぐのがスジというものだろう。

わがままで強引なリーヴェだが、この辺りは物分かりが良かった。

（さて、何か良い案はあるかしら？）

リーヴェは『ラジエルの書』を出現させて、自分にできそうなことを探す。

ちなみに『ラジエルの書』は自分以外には見えないので、人前で出しても問題はない。

（回復薬《ポーション》作り……興味あるわね。これにしてみるか）

自分が授けてもらった『魔導器創造』は、魔導具に関する装置や器具、そして魔導具そのものを作ることができるスキルだった。

こう聞くとなんでも製作可能に思えるが、能力の発動条件としてまず素材を揃える必要があり、その製作工程や科学理論なども理解していなければならないらしい。

普通なら面倒とも思える条件だが、科学者気質のリーヴェはむしろやりがいを感じていた。

（まさに私向きのスキルね。異世界もなかなか楽しそうじゃない）

スキル能力を理解したリーヴェは、早速ポーション作りの仕事を探すことにした。

☆

「はあ……全然ダメね。雇ってくれないのは、やっぱり外見が子供だからかしら？」

乗合馬車に揺られながら、リーヴェはボツリと呟く。

ポーションは道具屋で作られるため、片っ端から街の道具屋を回って雇用を願い出てみたのだが、どこのお店でも門前払いされた。

この異世界《アウグリウム》では十六歳で働きに出るのは珍しくないが、リーヴェの外見は少々幼いため、店主も積極的に雇う気にはなれなかったようだ。

というより、家出少女に見えるので、厄介ごとに首を突っ込みたくなかったのかもしれないが。

仕方なく、ほかに雇ってもらえそうなお店がないか聞いてみたところ、街外れなら人手を求めているお店があるかもしれないと言われて、現在乗合馬車で移動している最中である。

幸い、乗車賃はちょうど銅貨一枚だったのでなんとかなった。

（えーっと、聞いた限りではこの辺りだと思うんだけど……）

店があると言われた場所でリーヴェは馬車を降りた。

教えられた道順を思い出しながら道を歩くが、どうもそれらしい景色が見えてこない。

特に方向音痴というわけではないのだが、さすがに異世界に来てまだ初日なため、まるで土地勘がないのだ。

しばらく歩いたが目的の店は見つからず、自分が迷っていることに気付いたリーヴェは、たまたま通りがかった男性に道を訊くことにした。

「すみません、この辺りにポーション専門の道具屋さんがあると聞いたんですが……？」

男は二十代半ばくらいで、身長は百八十センチほどのガッシリした体格をしていた。

できれば女性に声をかけたかったリーヴェだが、近くには彼しかいなかったため仕方ない。

日もぼちぼち暮れてきたし、知らない世界をいつまでも彷徨《さまよ》っているわけにもいかない。

「道具屋？　………ああ、知ってるよ。オレが案内するからついてきて」

「ありがとうございます！」

男は一呼吸おいたあと、にこやかに笑って案内を願い出てくれた。

異世界で迷子になって心細かったリーヴェは、彼の言葉に安堵する。

男の言う通りについていくリーヴェだが、しかし、歩いているうちに周囲が徐々に寂れた景色に変わっていくのを見て、不安を覚えた。

（本当にこの方向で合ってるのかしら？）

迷子で自分の居場所が分からなくなっていたため、男の案内が正しいのかどうか判断ができない。

ただ、どうも違うような気がする。人気《ひとけ》がほとんどなく、こんなところでは商売なんて成り立たない感じだ。

（なんかおかしいわ。どうしよう……）

リーヴェは焦り始めたが、どうしていいか分からなかった。

下手に逃げ出したら相手は怒って何をするか分からないし、逃げたところでもっと危険な場所に迷い込んでしまうかもしれない。

異世界のことを全然知らないリーヴェは、黙って男についていくしかなかった。

（だ、大丈夫よ、きっと杞憂《きゆう》に終わるわ。なんだ、こんな場所にお店があったのねって、笑い話に……）

と自分を勇気づけていたリーヴェだったが、残念ながらその期待は裏切られてしまう。

殺風景な空き地まで来たところで、男が突然リーヴェの腕を掴み、反対の手で取り出したナイフを首元に突きつけたからだ。

「どこの家出娘か知らねえが、こんな場所までのこのこついてくるなんて馬鹿な女だ。さあ、殺されたくなかったら有り金全部出せ！」

リーヴェが考えていた中でも最悪の展開だった。

最初に見たときからなんとなく粗野な印象の男だったが、この世界の人間は地球とは少し違うので、見た目で判断しないほうがいいと思っていた。

だが、見た目通りの人間だったらしい。

(どこの世界でも、人は見かけによるのね……)

自分の迂闊《うかつ》さを反省しつつ、リーヴェはこのピンチをどう乗り切ろうか思考をフル回転させる。

しかし、相手はそんな時間の余裕すら与えてくれなかった。

「早くしろ。言っておくが、叫んだところで誰も来やしねーからな！」

「早くって言われたって、私お金持ってないんですけど!?」

金銭で助かるなら全額渡したいが、リーヴェは現在無一文《むいちもん》だ。どうしようもない。

だが、リーヴェの言葉を聞いた男は、ナメられたと勘違いして逆上した。

「てめえっ、オレをバカにしてんのか？　いいぜ、素直に払わないってんなら、お前を無理やり連れ去って奴隷商に売り払ってやる！」

「ちょっ、いやっ、やめてっ、うむむっ」

リーヴェは力ずくで引き寄せられ、男の大きな手で口と鼻を塞がれる。

(い……息ができないっ、これじゃ死んじゃう……！)

声も出せないまま、リーヴェの意識が遠くなっていく。

そして死を意識した瞬間、リーヴェの口から男の手が離れた。

「だ、誰だっ!?」

男の叫びを聞いて、リーヴェはこの場に自分たち以外の人間が来たことを知る。

体をよじって後ろを見ると、男よりも一回り体の大きい人間が、男の腕を掴んでひねり上げていた。

（この人……獣人だ。犬人ってやつかしら？）

リーヴェを助けてくれた男性は襲ってきた男以上の逞《たくま》しい筋肉質な体格で、身長は百八十五センチほど。黒い半袖シャツの胸元のボタンを二つ外し、年季の入ったジーンズをはいていた。

年齢は二十五歳くらいだろうか。濃灰色の髪をボサボサに伸ばしたその頭部には、犬のような耳がぴょこんとついている。

全体的に野生児というイメージに近いが、顔の作りはかなり整っていて、通常の人間と比べてもイケメンの部類だった。

まあ、リーヴェはそういうことには興味がないのだが。

大事なのは自分と性格が合うかどうかだけ。

「こんなところで悪さしてんじゃねえよ。痛い目に遭いたくなかったらすぐに立ち去れ」

「な、なんだとこのやろーっ！　おごおっ！」

忠告に耳を貸さずに、男は獣人男に殴りかかる。

しかし獣人男はそれを難なく躱《かわ》し、男の腹を殴ってあっさり気絶させた。

「ホントにこういうヤツらってのは言うこと聞かねえなあ……おいそこのガキんちょ、大丈夫だったか？」

「え……？　あ、はい、大丈夫です……助けてくれてありがとうございました」

驚きの展開が立て続けに起こり、リーヴェはつい成り行きをぽかんと眺めてしまっていた。

獣人男の言葉でようやく我に返り、お礼を言う。

「まったく、お前みたいなガキがこんな場所《とこ》に来たらダメだろ。この男に簡単に騙されてたみたいだし、よく今まで生きてこられたな？」

（そんなこと言われたって、この世界にはさっき来たばかりだもん……）

リーヴェは心の中で言い訳した。

とはいえ、やはり警戒心が足りなかったと反省する。

「ここら辺になんの用があるのか知らないが、ガキはもう家に帰れ」

「失礼ね。ガキガキって言うけど、私はこう見えても……見えても……」

獣人男に何度もガキと呼ばれ、つい反論したくなったリーヴェだったが、現在の自分の見た目と年齢を思い出す。

（そういえば、この世界では十六歳になっちゃったんだっけ）

「こう見えても、なんだよ？」

「こう見えても……十六歳なんだから」

「見た目通りじゃねえか！　いや、見た目は十三、四だな」

（くっ、この私を子供扱いするなんて……！）

立派な大人だった女性として悔しく思うが、実際その通りだから何も言い返せない。

「とにかく今日はもう帰れって。ガキが彷徨《うろつ》いていい時間じゃねえぞ」

「いえ、この辺りにある道具屋さんに行かないとダメなんです」

「道具屋？　っていうと、テオのポーション店のことか？」

「あっ、多分それです！　お願い、そこまで連れていってください！」

不安ばかり募っていたリーヴェの心に光が差した。

帰れと言われても、無一文《むいちもん》のうえにこんなところで迷子では、にっちもさっちもいかない。

何はともあれ、まずは道具屋に行かなければ。

「すまねえが、今はちょっと案内できねえんだ。ここから少し離れてるが、行き方は難しくないから自分一人で行ってくれ」

てっきり案内してもらえると思っていたリーヴェだが、獣人男は頼みを断り、その代わり詳しい行き方を教えてくれた。

その説明は分かりやすく、これなら辿り着けるとリーヴェは思ったが、襲われたばかりのため道中に不安を覚えてしまう。

「あなたは一緒に行ってくれないの？　また誰かに襲われたら怖いんだけど……」

「ああ、それなら大丈夫。この辺りはもう危険な匂いはしねえよ。テオの店に何の用があるのか知らねえが、このオレ……シアンの紹介で来たって言やあ多分相手してくれるぜ。それじゃあな」

そう言うと、シアンと名乗った獣人男は、気絶した暴漢を抱えて走り去ってしまった。

無骨で無愛想なうえ、口の悪い男だったが、助けてくれたことを感謝するリーヴェだった。

三．ポーションの作りに挑戦

「すみませーん、ポーション作りのお手伝いをしたいのですが……」

誰もいない店内に、リーヴェの声だけが響き渡る。

すっかり薄暗くなった頃、リーヴェはなんとか目的の店に到着できた。

だが、店番はいないし、店の中には閑散とした雰囲気が漂っていた。

しかし、ここでダメなら、今夜は野宿するしかない。せめて宿代だけでも稼ぐため、リーヴェはどんなきつい仕事でもしようと覚悟を決める。

しばらくしても反応がなかったので、カウンター奥に向かってさらに声をかけてみると、少し遅れて若い男が現れた。

恐らく店主だろう。年齢は三十歳手前くらいで、身長は百七十五センチほど。

清潔感のある好青年で、スラリとした体にはエプロンを着け、琥珀色の眼鏡をかけている。

（へえ～……この世界って、顔立ち整ってる人多いかも。テオってこの人かな？）

さっきのシアンという獣人がワイルドな男前といった雰囲気なら、こちらは知的なイケメンという感じだ。

異世界人の特徴なのか、地球人よりも美形が多いのかもしれない。

「お待たせしてすみません。お客さんが来るなんて珍しいので……。何をご所望《しょもう》でしょう？」

店主はリーヴェの前まで来ると、短いダークブラウンの髪をポリポリかきながら、申し訳なさそうに言葉を発した。

「あの……実はポーションを買いに来たわけじゃなくて、店員として雇ってもらいたいんです。私にポーション作りのお手伝いをさせてください！」

リーヴェは単刀直入に、店に来た目的を告げる。

「ポーション？　君はまだだいぶ若く見えるけど、ポーションを作れるのかい？」

「ああ……いえ、その……多分作れます」

「多分？　うーん、それだとどうかなあ。申し訳ないですが、充分手は足りているんですよね」

「待ってください、とりあえずちょっとだけでも手伝わせてほしいんです。ダメならすぐクビにしていいですから」

リーヴェの必死な様子を見て、店主の男は不思議そうにリーヴェを観察する。特に、銀髪が気になるようだった。

ただ、イヤな目線ではなかった。

単純にリーヴェのことが気になっただけらしい。

「君、おうちはどこなの？　もし家出とかしているなら、こんなところにいないですぐに帰ったほうがいいですよ。僕が送っていってあげますから」

「違います、家出なんかしてません！　どうしても仕事がしたいんです。じゃないと私……」

「そう言われても、このお店は見ての通り、あまり繁盛してないんです。だから人手を雇う余裕もなくてね。本当に申し訳ないけど……」

人の好さそうな店主だけに、今の言葉は真実だろう。そのことはリーヴェにも分かった。

ただ、自分も必死だ。

繁盛してないのなら、自分の力できっとこの店を流行《はや》らせてみせる！

とにかく、まずは雇ってもらわないことには始まらない。どう説得しようか考えていたところ、さっきのシアンという男の言葉を思い出した。

「あの、シアンさんがこのお店を紹介してくれたんですけど……」

小さな声でアピールするリーヴェ。

他人の力を使うようで、なんとなく引け目を感じたからだ。

果たして、店主がどんな反応をするか窺《うかが》っていたところ……

「シアンさんのご紹介？　なら話は別ですね。分かりました、ぜひうちのお店を盛り上げるためにお手伝いしてください」

「あ、ありがとうございますっ！　私、頑張ります！」

拍子抜けするくらい、店主はあっさりとリーヴェを雇ってくれたのだった。

「それじゃ早速こっちに来てください」

「よろしくお願いします！」

店主の案内で、二人はカウンターの奥へと入っていった。

☆

店の奥にはポーションを作るための工房があって、店主はいつもここで調合作業をしているらしい。

店主の名はテオで、シアンが言っていたのはやはりこの男だった。

ただ、店の状況は芳《かんば》しくなく、客足が遠のいていて、今や一部の客がたまに来るだけだとのこと。

それというのも、街の中央にユーディス王国一の超大型魔導具店――地球で言うところの総合デパートのような店が建造され、そこにほとんどの客を取られてしまったからだった。

その店の評判はあまり良くないが、とにかく品揃えが豊富で、ポーション専門であるテオの店では太刀打ちできなかった。

テオの腕は非常に優秀な部類だったが、店の立地が良くないうえ、何故かテオの店に対する悪い噂――ポーションの質が低いという評判があちこちで囁かれたこともあって、売り上げが大きく落ち込んでしまった。

これらのことが原因で働いていた店員も辞めてしまい、今はテオ一人でコツコツとポーションを作るような状況だったが、そこにリーヴェが来たわけである。

「じゃあリーヴェさん、調合機器や素材は好きに使っていいからポーションを作ってみて。製作に必要な『聖水』と『クラルハーブ』はあそことそこにあります。完成したら、問題がないか検査するので僕に見せてください」

「分かりました！」

元気良く返事をして、リーヴェは作業に取りかかる。

異世界の器材は初めてだが、見ただけで用途はだいたい理解できた。

伊達《だて》に科学者をやっていたわけではないということだ。

何よりも『ラジエルの書』があるので、分からないことは簡単に調べられる。

リーヴェに不安はなかった。

（え～っと、『聖水』ってのはこれね。司祭から祝福されたことにより、聖なる力を含んでいる水か……非科学的だけど、ここはそういう世界なんだもんね）

リーヴェは大きめの容器に入った聖水を、手頃な大きさのビーカーに移す。

作業のためにテオから白衣を借りているのだが、元々この白衣を着ていた従業員が男だったため、リーヴェの体には少しサイズが大きい。そのため、少し動きづらいところはあるのだが、作業するのに特に問題はないようだ。

（それで、この葉っぱが『クラルハーブ』っていう薬草か。七十五度のお湯で温めれば、良質な薬用成分が抽出されるのね）

ポーションは、聖水とクラルハーブから取れる成分を調合することによってできる。

リーヴェはその成分を抽出するため、『ラジエルの書』の手引き通り四十グラムほどのクラルハーブと二百ｃｃの水を加熱用の容器に入れ、アルコールランプに火をつけようとした。

……マッチもライターもないので、火種をどうしたらいいのかが分からない。

「すみませんテオさん、マッチ……とかってあります？」

「まっちってなんです？」

だよね……と予想通りの答えにガッカリするリーヴェ。

「あのう……火のつけ方が分からないんですけど？」

「もしかしてリーヴェさん、魔法が使えないんですか？　ポーション製作したいのに？」

「ええっ、魔法を使えないとポーションって作れないの!?」

「いえ、作れないことはありませんが……魔法がないと、素材を温めたりするのが難しいですよ？」

火を出す道具がないなんて、なんて不便な世界なんだ……

リーヴェはこの世界で生きていく自信を少しなくす。

科学が未発達なのは、魔法が存在するがゆえの弊害であった。

「テオさんは魔法が使えるんですか？」

「モンスターを攻撃するような『属性魔法』は使えませんが、一応『生活魔法』なら一通り使えますよ。調合師として当然のスキルですので」

そういえば『ラジエルの書』をざっくり読んだとき、その辺のことが書いてあったのをリーヴェは思い出す。

自分には関係ないと流し読みしてしまったが、重要なことだったとは……

さりげなく『ラジエルの書』の『生活魔法』の項目を読んでみると、料理などに利用する加熱系や冷却系、食料などを保存する鮮度維持《フレッシュネス》、汚れ物を綺麗にする洗浄《クリーン》や光を出す照明《ライト》など、日常で役立つ魔法全般を指すようだった。

それほど難しい魔法ではなく、習得している人は割と存在するらしい。

(私も使えるようになるかしら?)

リーヴェは少々不安になったが、自分はもうこの異世界の住人だ。

恐らく大丈夫だろうと心を落ちつける。

「テオさん、申し訳ないんですけど火をつけてもらえますか?」

「それくらいはお安い御用ですよ」

テオが呪文のような言葉を詠唱しながら右手の人差し指をアルコールランプに近付けると、フッと小さな火が出現して点火した。

「あと、温度計はありますか?」

「それならそこの棚の引き出しに入ってます。でも、温度計なんて何に使うんです?」

「えっ、お湯の温度を七十五度に保つためですが……?」

「七十五度に? それに何か意味があるのですか?」

あれ? とリーヴェは首をかしげる。

クラルハーブの薬用成分を抽出するのに七十五度が適温というのは、この世界では知られていないのだろうか?

ふとテオがやっている作業を見てみると、グツグツと沸騰させてクラルハーブを煮ていた。

（あっ、やっぱり七十五度が適温ってこと知らないんだ！　この世界であまり知られてないことも、『ラジエルの書』には載ってるのね）

ということは、下手に知識をひけらかすと、自分の正体を怪しまれてしまう。

ことは別世界から来た人間だと知られたら、どんなことになるか分からない。

行動には注意しなくちゃと、リーヴェは自分を戒める。

「ではこの温度計でお湯の温度を計りながら……」

抽出作業をしようとしたところで、『魔導器創造』スキルが反応した。

〈器材と理論の条件クリアにより、『定温加熱器』を作製できます〉

（な、なにっ？　頭の中に声が聞こえてきたんだけど？　今のが『魔導器創造』スキルの能力なの？）

リーヴェは慌ててステータスを確認し、『魔導器創造』を調べてみた。

（なるほど、『定温加熱器』っていう装置が作れるみたいね。実験装置や魔導アイテムが作れるってのはこういうことか！）

とにかく、実際にやってみないことには分からない。

リーヴェはスキルの言う通り、『定温加熱器』を作製してみた。

すると、目の前にあった容器やアルコールランプが消えて、この世界には少しそぐわない近代的な装置が出現した。

（おおっすごい、まるで魔法みたい！　いえ、これは魔法なのね）

『定温加熱器』――それはスイッチ一つで点火ができ、水温を七十五度に保ったまま加熱できる装置だった。

この装置でクラルハーブを温め、成分を充分抽出したところでリーヴェが聖水を加えると、またしても『魔導器創造』スキルの声が頭に響く。

〈要素万全《コンプリート》。素材、器材、理論が全て揃ったので、魔導具を作製できます。完成アイテムは『回復薬《ポーション》：ランクE』×5〉

（えっ、なに？　いきなり完成品ができちゃうの!?）

スキルが言うには、アイテム製作の条件が全て揃えば、そのまますぐ完成するらしい。

さすがのリーヴェもビックリだ。

〈素材があれば収納容器も作製できます〉

（容器って、ポーションの入れ物か。それまで作ってくれるなんて親切ね。金属だと缶コーヒーみたいになっちゃうから、まあガラスがいいよね）

勝手ながら、リーヴェはそばにあるビーカーを一つ取って『定温加熱器』に近付ける。

すると一瞬でビーカーが消え、芸術品のような美しい細工が施された手のひらサイズの小ビンに変化した。

中にはもちろんポーション液が入っている。

無事完成したことにリーヴェは胸が躍ったが、ただし『ランクE』というのが少し気になるところ。

（Eランクってことは、あんまり良い出来じゃないのかしら？　う～んでも、これで作り方は合ってるのよね？）

〈あと四つ作製できます〉

スキルによると、さらにポーションを作れるみたいだったが、とりあえずは出来を判断してもらいたい。

リーヴェは完成したものをテオのほうへと持っていく。

「テオさん、できました。こんな感じでどうでしょう？」

「えっ？　もう完成したんですか⁉　いくらなんでも早すぎじゃ……？」

まだグツグツとクラルハーブを煮ていたテオが、いったんその場を離れてやってくる。

『魔導器創造』スキルには『ランクE』と評価されてしまったため、リーヴェは少し及び腰になってぎこちなく小ビンを渡す。

それを見たテオは、まず驚きの声を上げた。

「なんですかこの綺麗なビンは⁉　こんなのどこにあったんです⁉」

「あ、それは……私が持っていたヤツです」

「いやあ驚きました。とても繊細な作りをしてますが、でも大事なのは中身ですからね」

おっしゃる通りで……とリーヴェは首を縮める。

なんとなく自信もなくなってきた。

考えてみれば、このスキルはアイテムや装置を作れるだけで、出来に関しては自分で頑張るしかない。

子供のときからずっと優等生だったリーヴェは、新しい世界で大きな挫折を味わうのではないかと、つい落ち込みそうになる。

そんな不安を覚えながら、恐る恐るテオの反応を窺《うかが》っていると……

「ちょっ、こ、この回復パワーはいったい!?　回復数値……１８９０!?」

テオはリーヴェが作ったポーションから少量の液体を取り出し、何かの装置に慎重に入れたあと、またしても驚きの声を上げた。

恐らくはポーションの回復効果を測定する装置なのだろう。

どうも悪い結果ではなさそうということで、リーヴェは少しホッとする。

「どうでしょう？　上手くできてましたか？」

「上手くできてるも何も、これはハイポーションじゃないんですか!?」

「ハイポーション？」

確か、ポーションの一ランク上のアイテムだったはずだ。

リーヴェは『ラジエルの書』に書いてあったことを思い出す。

言われた通りの素材で作ったら、違うものができてしまったということだろうか？

「なんであの素材でハイポーションなんかできたんですか!?　リーヴェさん、聖水とクラルハーブしか使ってませんよね？」

「は、はい、そうですね」

「なのに、どうしてこんなものが……しかもこれは、ハイポーションの中でもかなり上質な部類ですよ」

どうやら自分が作ったポーションはかなり出来が良かったらしい。

ひょっとして、七十五度できっちり抽出したのがそれに繋がったのかもしれない。

リーヴェは持ち前の頭脳を活かして、だいたいの見当をつける。

「あのう、本来のハイポーションには、ほかにどんな素材が入ってるんでしょうか？」

リーヴェは正式なハイポーションの素材を訊いてみる。

素材が足りない状態で良いポーションが作れたなら、ちゃんと素材を揃えればさらに効果は上がるはず。

「ほかに必要なのは、そこにある『レフリヘリオの実』ですね。果汁を何度もろ過して、純度の高い液体を加えればハイポーションになりますが……リーヴェさんはそれも知らないんですか？」

「い、いえ、ちょっと訊いてみただけです。今からそれを使ってもいいですか？」

「それは構いませんが、レフリヘリオの実は貴重ですから気を付けて使用してください。まあハイポーションは作るのに手間がかかる割にそれほど売れないので、普段からあまり作ってないんですけどね」

「そうなんですか。じゃあ少しだけ、レフリヘリオの実を使わせていただきます」

リーヴェは実を一つだけ受け取り、自分の机に戻る。

大きさは小さめのミカンくらいで、色はライトブルー、手触りはかなり弾力のあるグミのような感触だ。

（この果肉を搾ってろ過するわけね。……その前に、『ラジエルの書』で一応調べてみるか）

該当する項目を読んでみると、確かに治療成分を含んでいる実だった。

ただし、効果が高いのは果肉ではなく、そのさらに内側にある種とのこと。種の中に、より高純度の液体が入っているらしい。

テオが言っていたこととは違うので、リーヴェは少し混乱する。

実を切って中を開いてみると、中心に直径二センチほどの黒い玉が入っていた。

恐らくこれが種だろう。指でつまんでみると、パチンコ玉のように硬かった。

「テオさん、レフリヘリオの種って、何か使い道あるんですか？」

「種はとても硬いので、特に使うことはないですね。ハンマーで割っても、中には少量の汁しか入っていませんし」

（なるほど、中身の抽出が難しいから、利用されてないってことか）

種のほうが治療効果が高いなら、なんとか取り出したいところ。

先の尖った金属などを使えば、穴を開けられるかもしれない。

「テオさん、いらなくなった金属とかありますか？」

「ふぅむ、君はさっきからおかしなことばかり聞きますね。捨てようと思っていた器材がそこにあるので、好きなものを使っていいですよ」

「ありがとうございます！」

リーヴェは隅に置いてある箱から、金属が付いている器材を適当に選ぶ。錆びたハンマーなどもあったので、量としては充分だった。

それを机に並べ、また『魔導器創造』スキルを発動する。

すると素材が消え、金属ドリルの付いた穴開け機に変化した。

レフリヘリオの種をそれに固定し、装置の上に付いているハンドルを回してドリルを回転させる。それによって徐々に外殻が削られ、しばしの後にポスンと穴が開いた。

（これで中の液体が取り出せる）

穴の開いた種を固定台から外し、中身を確かめようとしたところで、またスキルの声が頭に響き渡る。

〈器材と理論の条件クリアにより、『搾汁加熱調合機』を作製できます〉

（えっ、まさかこれ、装置が進化するの？）

リーヴェが頭の中でＯＫを出すと、『定温加熱器』と穴開け機が消滅し、『搾汁加熱調合機』という一辺が三十センチほどの箱形装置が出来上がった。

上部には投入口が開いていて、そこに素材を入れればいいらしい。

種の中にあった汁を投入口に注ぐと、またスキルの声が聞こえてくる。

〈要素万全《コンプリート》。素材、器材、理論が全て揃ったので、魔導具を作製できます。完成アイテムは

『回復薬《ポーション》：ランクD』×4〉

（あ、ランクがDに上がった！）

予想通りの結果が出て、リーヴェは心が躍った。

これは楽しい。あまりに簡単すぎて少々物足りなさは感じるが、素材と理論を追求すれば色んなものが作れそうな気がする。

今回もポーションを一つだけ完成させ、テオのところに持っていく。

「ハイポーションできました！」

「ええええっ!?　またしても早すぎですよ！　そもそも時間をかけてろ過しないと、良い成分は抽出できませんよ？」

テオは一時作業を中断し、さっきと同じようにリーヴェのポーションを検査機にかけて測定する。

直後、テオから驚愕の声が上がった。

「か、か、回復数値９５６０～っ!?　これはハイポーションどころか、上質なDX《デラックス》ポーション並みの数値ですよ!?」

テオは手に持った小ビンと検査機を何度も交互に見ながら、その数値に驚いている。

どうやらこの世界の調合知識は少し間違っているらしく、正確に調合すれば想定よりも一ランク上のポーションができるらしい。

このことをリーヴェはすぐに理解した。

「リーヴェさん、どうやってこんなすごいポーションを作ったんです!?　ここにある素材じゃ絶対に無理なのに。疑って申し訳ないですが、本当に今作ったものなんですか？」

「あの……じゃ、じゃあ作るところをお見せしますので、こちらに来てください」

リーヴェは自分の能力を見せるのをためらったが、隠したままここで働くのは無理だと判断した。

テオは信頼できそうな人だし、むしろ教えることで力になってくれるかもしれない。

この世界で生きていくためにも、協力者は必要だろう。この人なら大丈夫。

「な、なんですかこの装置は!?」

リーヴェの作業場所に行くと、机の上に見たこともないものが置いてあってテオは驚く。

「これはポーション自動製作機です」

「ポ……自動!?　そんなもの聞いたことないですよ!?　君が作ったんですか!?」

「はい。あっ、そういえば、勝手に器材をこの材料に使っちゃったんです。すみませんっ」

「いやまあ、それくらいは構いませんが……」

リーヴェは断りもなしに、ここの備品を素材として使ってしまったことを謝罪する。

替えの器材はいくつもあるため、テオのほうは特に気にしていないようだった。

「では実際にポーションを作りますので見ててくださいね」

リーヴェはそう言って、製作可能だった残り三つのポーションをポンと出す。

「ポ、ポーションがいきなり!?　げ、幻覚じゃないですよね!?」

「あ、ちょっと待ってくださいね。自然にポーションが湧いてくるわけじゃないので、もう一度最初から手順を見せます」

そう言って、リーヴェは聖水とクラルハーブ、レフリヘリオの実をそのまま上部の投入口から入れる。

そしてすぐに完成品のポーションを五本出現させた。

「ね、こんな感じです」

「なんですかそれ⁉　手順も何も、材料を入れただけで完成してるじゃないですか！　こんなの『上級調合』どころか、『魔導調合』でも不可能ですよ⁉」

テオはワケも分からず、『搾汁加熱調合機』を触ったり持ち上げたりして調べる。

そして自分も同じように素材を入れて試してみようとしたが……何も起こらなかった。

リーヴェが作った魔導装置はリーヴェにしか使えない。リーヴェの魔力に反応しているからだ。

「ふぅ……僕もこの仕事をそれなりにやってきましたが、こんなすごいものを見たのは初めてです。リーヴェさんのこの能力、まさか伝説の『魔導錬金術』ですか⁉」

「魔導錬金術？」

はて、自分のスキルは『魔導器創造』だが、ひょっとしてこの世界ではそう言われているのだろうか？

まあまだ試しに使った程度なので、真相はそのうち分かるだろう。

リーヴェはテオの言葉を待つ。

「僕も詳しくは知りませんが、『魔導調合』をも超える究極の秘術で、伝説ではまるで魔法のようになんでも作ってしまうという話です。『神の手』とも言われてますね」

(なるほど、確かに作業工程をポンと飛ばして完成するのは魔法みたいだわ。というか、この世界には色んな魔法があるのに、錬金術に関してはアナログチックな手作業なのね)

そう考えると、器具を融合したり瞬時に完成品を出すのは、魔法をさらに超えた能力なのかもしれない。

質量保存の法則はどうなっているのかと心配になるほどだ。

合成に際して、厳密には極少量の物質が必要だったり、本来は細かい手順なども関係してくるはずだが、大まかなことが合っていればスキルの能力で補完してくれるらしい。

よって、基本的には主成分を揃えるだけで問題ないようだ。

「いやこれは驚きました。その銀髪といい、君はひょっとして伝説の『白銀の魔女《シルバーウィッチ》』なんですか？」

「いえいえまさか！　私はただの駆け出しの錬金術師です」

「駆け出しでこれですか!?　こんな高位ポーションを作ろうと思ったら、本来は『シードラゴンの骨』や大司教が祝福した『超聖水』が必要なのに……末恐ろしくなってきましたよ」

テオは驚いたような呆れたような複雑な表情で、手に取ったポーションを見つめる。

「テオさん、ちょっと気になったんですが、回復数値について教えていただけると助かります」

「ふむ、ポーション水を検査機にかければだいたいの回復パワーが分かるんですが、リーヴェさんのポーションは、素材からは考えられないような数値が出ました。数値の目安については……」

テオ曰《いわ》く、回復数値の目安は次の通り。

・通常ポーション　50～200　通常の負傷を治す

・ハイポーション　500～2000　そこそこの大怪我も治す
・DX《デラックス》ポーション　3000～10000　重傷を治す
・EX《エクス》ポーション　20000～50000　重体を治す
・エリクサー　100000～　瀕死の状態でも治す（身体欠損は修復不可）

回復効果には各ポーションごとに限界があり、たくさん使えば下位のポーションでも大怪我が治るというわけではなく、状態に合った上位のポーションじゃないと治療はできない。

数値に幅があるのは、調合による完成度で回復力が変わるからだ。

つまり、同じランクのものでも、出来のいいものと悪いものがある。

エリクサーより上位のポーション——身体欠損でも完全に治すものや、死後間もない状態なら生命すら復活させる究極のものもあるらしいが、まず流通などしない。

ちなみに、人の手で作れるのはEX《エクス》ポーションがほぼ限界で、エリクサー以上は迷宮《ダンジョン》などで手に入れるしかないとのこと。

「リーヴェさんの作ったハイポーションは、上質なDX《デラックス》ポーションにも匹敵します。お店で売れば、軽く金貨二枚……二十万G《ゴールド》以上になるでしょう」

「二十万G《ゴールド》……？」

と言われても、リーヴェにはその価値がどれほどなのか分からない。

そっと『ラジエルの書』を開いて調べてみたが、金銭に関する項目は載っていなかった。

恐らく、頻繁に価値が変動するのが理由だろう。

仕方ないので、これもテオに訊いてみることにした。

「二十万G《ゴールド》というと、ほかの仕事で例えるならどの程度の労働作業ですか？　私、働くのが初めてなので比較がしたいんです」

「んー……二十万G《ゴールド》は、通常の日雇い労働二十日分ってところですね」

（日雇い労働だと、だいたい日給一万円って感じかしら？　二十日分だと二十万円ほどで、それが二十万G《ゴールド》なら一G《ゴールド》＝一円と思っていいわね。二十万×九本だから、この短時間で私は百八十万円も稼いだってこと？　あ、でもこれは販売価格であって、私の給料はもっと低いか……）

リーヴェはざっくりと金銭価値を計算する。

G《ゴールド》は数値的に日本円とほぼ同じらしいので、感覚的に分かりやすかった。

「これほどのポーションを作ってくれたリーヴェさんには調合作業代をはずんであげたいところですが、今は金銭的余裕がないので、相場通りの給料しかお支払いできません。ですので、リーヴェさんさえ良かったら、ポーションを売った金額を折半するってことでどうでしょう？」

「えっ、売り上げの半分をいただけるんですか⁉　そんなに⁉」

「いえ、こっちが半分ももらうのは気が引けるほどですよ。どうしますか？」

「もちろん、それで問題ありません！　よろしくお願いします！」

リーヴェは勢い良く頭を下げて了承する。

俄然やる気が出てきた。作業は簡単なだけに、お金が湧いてくるような気持ちだ。

女神アフェリースに心から感謝するリーヴェだった。

四．エリクサーできました

「あ〜、長い一日だったわね。大したことしてないのに、どっと疲れちゃったわ」

リーヴェはテオから紹介してもらった宿屋に行き、食堂で遅い夕食をとったあと、部屋のベッドにドサッと腰を下ろした。

何もかも分からない異世界ではあるが、『ラジエルの書』もあるし、なんとかやっていけそうだと自信を持つ。

（そのためにも、『ラジエルの書』を読み込んでおかないとね）

元々研究の虫だっただけに、知識を詰め込むのは好きな作業だ。

ベッドに寝転び、『ラジエルの書』を片っ端からめくっていく。

あのあと、通貨価値についてもだいたい理解した。やはり一G《ゴールド》はほぼ一円、そして貨幣の価値は、

・小鉄貨一枚：十G《ゴールド》
・鉄貨　一枚：百G《ゴールド》
・銅貨　一枚：千G《ゴールド》
・銀貨　一枚：一万G《ゴールド》
・金貨　一枚：十万G《ゴールド》

・白金貨一枚：百万G《ゴールド》
ということまで分かった。

今の手持ちは六千G《ゴールド》。テオから給料一万G《ゴールド》（ポーション売買の折半分とは別）をもらい、この宿屋に宿泊費四千G《ゴールド》を払った残りだ。

あまり贅沢はできないので、今のリーヴェには相応の簡素な造りの部屋である。

（身の回りのものを揃えていくのも、もう少し稼いでからにしないと）

リーヴェは研究一筋だったので、元々派手な暮らしなどはしていない。研究所に泊まることも多かったし、こんな生活もそれほど苦ではなかった。

それよりも、これからどんな生活が待っているのか、ワクワクしている。

（地球とは科学の常識や物理法則が微妙に違うし、研究のしがいがあるわ）

自分が持つ『魔導器創造』スキルについても、なんとなく分かってきた。

ポーション製作はいきなりだったので、本当に手探り状態だったが、今はできることとできないことをだいぶ理解している。

まず当たり前だが、何もない状態から物質は生み出せない。よって、素材や器材などは自分で用意するしかない。

そして必要なものが揃えば、設備や完成アイテムが一瞬で製作できる。

もちろん、化学反応や物理法則の理論が合っていることが条件だが。

ただし、『魔導器創造』という名前の通り、作れるのは魔導アイテムだけだ。料理や雑貨などはもちろんのこと、剣や鎧《よろい》などの通常装備も作ることはできない。建物を建てるなども当然不可能だ。

とはいえ、特別な効果が付与されている魔導装備なら製作可能だ。例えば『炎の剣』などは、素材と理論さえ揃えば作ることができる。

そう考えれば、通常の装備など作れなくても問題ないと言える。

ほかにも、この世界にはない技術《テクノロジー》も『魔導』と判定されるようで、自動車なども素材さえあれば製作可能だった。

もしも理論を勘違いしている場合は、想定通りには作れないか、または完全に失敗してしまうとのこと。

こういうデメリットも、むしろリーヴェの気に入るところだ。

『ラジエルの書』にはこの世界について様々なことが書いてあるが、各国の法律や生活の常識などは載ってないし、道具や建造物をはじめとする人工物の作り方も載ってはいない。

あくまでも動植物の種類や特徴、物質の詳細や一部の法則などが書かれているだけだ。

言ってみれば図鑑に近く、自分で発見しなくてはいけない部分も多い。

ポーションについても作り方が載っているわけではない。素材のほうに特徴が書かれていて、それを元に調合して作らなければならない。

つまり、『エリクサー』などの製作方法も書かれていないので、使う素材や調合方法はリーヴェが自分で見つけるしかないのだ。

これら全てを含め、やりがいがあるとリーヴェは奮起する。

そして『白銀の魔女《シルバーウィッチ》』。

伝説では世界を滅ぼしかけた魔女らしいが、あくまで空想上の存在らしい。実在したという記録は残ってないようだった。

だから同じ銀髪のリーヴェを見ても、特に捕らえようとはしなかったわけだが、やはり気になるところだ。

（さ、今日はもうこの辺にして、また明日頑張ろう）

リーヴェは『魔導ランプ』を消し、布団に入って目を閉じた。

☆
「リーヴェさん、君に頼まれていた通り『シードラゴン』を仕入れておきましたよ。今日はこれでさらにすごいポーションを作ってくれるわけですね」

翌日、テオの店にリーヴェがやってくると、テオはシードラゴンという生物を三匹ほど用意してくれていた。

それは二十センチほどの細長い魚（？）で、ゴツゴツとした奇妙な体に翼のような形の背ビレが付いている。なるほど、ドラゴンという名がつくのも分かる姿だった。

一見グロテスクではあるが、タツノオトシゴにちょっと似ているかもと、リーヴェはなんとなく親近感が湧く。

「テオさんありがとうございます。ただ、それは今日は使いません」

「えっ、何故です？　もしかして、これは食べるつもりなんですか？　だとしたら、やめておいたほうがいいですよ？　不味《まず》くてとても食べられるものではありませんから」

「いえいえ違います。素材として使う前に、骨を一日、日干ししておくんです」

「日干し？　なんのためにそんなことを？」

テオは不思議そうに訊いてくるが、もちろんこれにには理由がある。

昨日テオの口から『シードラゴンの骨』という言葉を聞いたとき、サッと『ラジエルの書』で調べてみたのだが、骨を日干ししておくと回復成分の効果がアップすると載っていた。

ということで、まずは日干しすることにしたのだ。

「相変わらずリーヴェさんのすることはよく分からないですね。とりあえず、これは身を剥いて日干ししておきますね。では今日はどうしますか？　せっかくだから中心街まで足を運んで、昨日作ったポーションを売ってみますか？」

「いえ、それも待ってください。まだ開発を始めたばかりですので、行くのはもう少し品を揃えてからにしましょう」

「それは別に構いませんが、昨日と同じ素材だと開発も進まないのでは？」

「ご安心ください、ちゃんと新しい素材を買ってきましたよ」

リーヴェは昨夜寝る前に、『ラジエルの書』で面白そうな素材を見つけていた。

この店に来る前に、まず市場に行ってそれを買ってきていたのだ。

「『ガラパゴ』っていう亀を買ってきたんですけど、テオさんは知ってますか？」

「ガラパゴ？　一応知ってますが、あれは物好きがペットとして飼うくらいで、素材として使えるなんて聞いたことないですよ？」

ガラパゴは体長二十センチほどの亀（厳密には少し姿は違う）で、目立った特徴など特にない生物だ。

ただ飼いやすいうえ、結構長生きするので、一部の人にはペットとして親しまれている。

基本的に食材として使うことはないが、実はその血液に強い細胞修復効果があるのだ。

しかし、血液には微量の毒も含まれているので、そのままでは使えない。

「ま、ちょっと見ててくださいよ」

リーヴェは廃棄用の箱から適当に器材を選び、『魔導器創造』スキルの能力である機器を作る。

それは……

「じゃ〜ん、これが『遠心分離機』よ！」

「え……えんしんぶんりき？　なんですかそれは？」

テオが驚きの表情でその機器を見つめる。

この世界では、遠心沈降を利用して成分の分離を促進させる発想はなかったらしい。

つまり、この世界にない技術として『遠心分離機』は魔導関係の装置に認定されるので、リーヴェのスキルで製作が可能だった。

リーヴェは早速ガラパゴを解体し、血液を搾って遠心分離機にかける。

すると、ほどなくして、比重差によって上部の透明な液体と下部の赤い液体に分かれた。

リーヴェはスポイトでその上部の液体を採取する。

「これが欲しかったのよね」

と、そこで理論と器材が揃ったので、『搾汁加熱調合機』と『遠心分離機』が融合した。

新しくできた装置は『多機能調合機《ポーションメイカー》』。

これに採ったばかりの液体と、聖水、クラルハーブ、レフリヘリオの実を入れてみると……

〈要素万全《コンプリート》。素材、器材、理論が全て揃ったので、魔導具を作製できます。完成アイテムは『回復薬《ポーション》：ランクC』×5〉

昨日同様、綺麗なガラス小ビンに入ったポーションが完成したのだった。

「はぁ〜、知ってはいてもやはりすごい能力ですね」

テオは軽くため息をつきながら、できたポーションを検査機にかける。

「回復数値……49200⁉　これは目眩《めまい》がしますね。価格は軽く百万G《ゴールド》を超えるEX《エクス》ポーションですよ」

調合師として何かショックを受けているのか、テオはフラフラとした足取りでリーヴェのもとへと戻ってきた。

「いやはや、こんなことは初めてで、僕はもうどうしたらいいか分からないくらいです。リーヴェさんが本気を出せば、この世界の調合師は全員職を失ってしまうでしょうね」

「ええっ⁉　いえ、そんなつもりは……」

「大げさじゃなくて本当のことですよ。まあでも、世界にとってそれは喜ぶべき進化だと思います」

そう言いつつも、テオは寂しげな表情でそばにあった椅子に腰掛ける。

「……私はこの世界のバランスを壊したくないので、安易に流通はさせないよう気を付けます。そうですね、販売するのはテオさんのお店だけにして、少しだけお得な価格設定にすれば、ほかの調合師さんも大丈夫ではないでしょうか」

「僕としてはありがたいですが、リーヴェさんはそれでいいんですか？」

「はい。私は研究ができれば満足なので」

リーヴェの本心だった。

世界のバランスを安易に破壊すれば、想定外のことが起こりえる。それはこの世界にどんな危機的状況を巻き起こすかも分からないのだ。

必要に迫られない限りは、強力なアイテムは量産しないほうがいいだろう。

そして、自分がこの世界では破格な能力を持っていることも改めて自覚する。

「分かりました。では、このままポーションを作るとしましょう」

「あ、できれば今日は素材集めをしたいんですが……だめですか？」

「素材集め？　構いませんが、何が欲しいんです？」

「機器を作るためには様々な材料が必要なんですが、私はお金を持ってないので、テオさんに揃えていただけたら助かります」

「僕のお財布もあまり厚くはありませんけどね。でも可能な限り力をお貸ししますよ」

「ありがとうございます！　お店で買うだけでなく、廃材置き場などにも行ってとにかくたくさん集めたいです。木材でも金属でもガラスでも、なんでもいいから物質が大量に欲しいですね」

「そりゃあ一仕事になりますね。分かりました、今日はとことん付き合いましょう」

テオは準備を整えて運搬用の馬車まで用意する。

異世界に来て二日目のリーヴェは、一日中素材集めに奔走するのだった。

☆

リーヴェが異世界に来て三日目。

カーテンの隙間から差し込む朝日に気付き、安宿の造りの悪いベッドからリーヴェは体を起こす。

良質なポーションを作ったものの、まだ販売はしてないので、リーヴェの懐《ふところ》は寒いままだ。懐《ふところ》が寂しいのは雇い主のテオも同じで、おかげで残念ながらリーヴェの給料も上がっていない。

よって、まだ宿を変えてはいなかった。

「昨日あちこち歩き回ったから、ちょっと体がだるいわね。まあ地球にいた頃の体だったら、酷い筋肉痛で今日は動けないところだったろうけど」

地球では二十五歳だっただけに、十六歳に若返ったことで体に結構無理が利くことが分かる。

「やっぱ若い体はいいわね。何やっても疲れ知らずだった頃を思い出すわ」

リーヴェはう～んとのびをしたあと、ぶんぶんと両腕を振り回す。

充分に気合いを入れたところでベッドから立ち上がった。

昨日は素材集めのためテオにも散財させてしまったし、今日からは販売も視野に入れていくつもりだ。

「その前に、まずポーションを試作しないと」

昨日一日干した『シードラゴンの骨』で、またさらに上位の回復薬《ポーション》が作れるはず。

販売するのはそれを無事成功させてからだ。

身支度を整え、リーヴェはテオの店へと向かった。


一日干した『シードラゴンの骨』を粉々にすり潰し、その骨粉を合わせたポーション素材を『多機能調合機《ポーションメイカー》』に入れると、ランクBの回復薬《ポーション》が五本完成したのだった。

テオがひっくり返るようなレベルで驚きながら、検査機の数値を読み上げる。

「か、か、回復数値237700～っ⁉　これはまさにエリクサー級ですよ！」

「ただ、エリクサーは安くても販売価格五百万G《ゴールド》を超えます。よほどの上位冒険者でも滅多には買えない魔導具ですので、果たして売れるかどうか……」

テオが悩ましげにポツリと漏らす。

リーヴェのポーションの出来が良いのは間違いないが、良すぎても価格が高くなりすぎて買い手がつかない。

さりとて、流通バランスを考えると安く売るわけにもいかない。

嬉しい誤算とも言えるところだが……

「じゃあ薄めてハイポーションくらいの効果に下げて、それをたくさん売ることにしましょうよ」

効率的な判断をするリーヴェの意見はもっともだ。

しかし、エリクサーというのは非常に価値のある魔導具で、それを薄めるなんて発想はこの世界の人間にはなかった。

テオも当然のように渋る。

「エリクサーを薄めるですって⁉　そんなもったいないこと……いや、いくらでも作れるなら、それほどもったいなくはないのか……」

テオはエリクサーの価値を少し惜しんだが、リーヴェの提案を受け入れることにした。

確かに、エリクサーが五本もあったところでそうそう売れない。

ならば、薄めて安くし、大量に売ったほうが効率はいい。

ということで、エリクサーは三本だけ残して、ほか二本を百倍に薄めてハイポーションを二百本作製した。

そのハイポーションのうち、五十本ほどをさらに薄めて通常ポーションを五百本作る。

小ビン用のガラス素材も、昨日廃材置き場から大量に集めたので問題なかった。

ちなみに、普通はハイポーションを薄めてポーションを複数作るということはしない。

上位回復薬《ポーション》を作るのはかなり手間がかかるので、そのままポーションを作ったほうが簡単だからだ。

ならば、ハイポーションを作らずにポーションだけ作れば効率が良さそうにも思えるが、ポーションでは治せない怪我もあるので、そのときのためにハイポーションも必要とされる。

これで手持ちの商品は、

・通常ポーション　五百本　販売価格三千Ｇ《ゴールド》　通常の負傷を治す
・ハイポーション　百五十一本　販売価格三万Ｇ《ゴールド》　そこそこの大怪我も治す
・ＤＸ《デラックス》ポーション　九本　販売価格二十万Ｇ《ゴールド》　重傷を治す
・ＥＸ《エクス》ポーション　五本　販売価格百万Ｇ《ゴールド》　重体を治す
・エリクサー　三本　販売価格五百万Ｇ《ゴールド》　瀕死の状態でも治す

となった。充分な品揃えだろう。

ポーションの値段は本来だったら出来によって上下するが、今回リーヴェたちは相場通りの値段にすることにした。

価格バランスを崩しては問題だし、まずは試し売りといったところだ。

それでも、回復数値から考えるとかなり割安価格ではあるのだが。

「とりあえず、現状ではこんなもんね。じゃあテオさん、売りに行きましょう！」

商品を行商用の荷馬車に積んで、リーヴェとテオは街の中心へと向かった。

五．天敵登場？

昼過ぎに王都の中心街に到着したリーヴェたちは、荷馬車を人通りの多い広場に停め、早速ポーションの販売を始めた。

「皆さーん、とても良質のポーションを持ってきましたので、ぜひ見てくださーい！」

リーヴェは大きな声で道行く人たちにアピールする。

ポーションを一番必要とするのは『冒険者』と呼ばれる者たちで、彼らは日々危険と隣り合わせの仕事をしていた。

あるときは依頼によって凶暴な魔獣と戦い、またあるときは賊から要人を護衛し、そして貴重な宝などを目当てに迷宮《ダンジョン》に挑むこともある。

毎日のように怪我をする冒険者にとって、ポーションはまさに必需品だ。

その辺りのことはリーヴェもすでに知っていて、冒険者がよく集まる広場を選んで商売を始めたわけだが……

「全っ然売れないわね……」

あまりの反応のなさに、リーヴェはムスッとふくれっ面《つら》をする。

売れないどころか、人々は見に来てくれさえしなかった。

ちなみに、リーヴェは銀髪を見られないようにフードを被って隠しているのだが、それによって顔もよく分からない状態だ。

フードを取ってその超絶美少女っぷりをさらけ出せば、目を奪われた男たちがぞろぞろと集まるだろうが、自らの美しさに無頓着《むとんちゃく》なリーヴェにそういう発想はない。

テオも、幼い少女を見世物のようにして商売をしようとは思わなかった。

(いい物さえ作れば絶対売れると思ってたけど、商売ってそう単純な話じゃないのね……世の中は厳しいわ)

リーヴェは自分の考えが少し甘かったことを反省する。

二時間経ってもまるで売れる気配がないので、リーヴェたちは価格を少し割引することにした。できれば相場通りで売りたいところだったが、背に腹は代えられない。とはいえ、安くしすぎて市場のバランスを崩すわけにもいかない。

ということで二割引にしたところ、ようやく興味を持ってくれたらしい男が商品を覗きに来た。

三十代半ばくらいで、装備を見るに恐らく魔導士だろう。

「ほう、どんなものかと思ったら、綺麗なビンに入ってるじゃないか。値段も安いから、てっきり出来損ないをたたき売りに来てるのかと思ったよ」

そんな風に思われていたのかと、リーヴェは少々ガックリくる。

値段を弱気にすると、品質に問題があるのではと疑う人も多い。むしろ割高のほうが、高品質だから値段が高いのだろうと考える人がいて売れてしまったりもする。

この辺りのさじ加減も、商売の難しいところだ。

「ま、入れ物が立派でも中身がどうかだからな。そこのあんた、テオさんだろ？　申し訳ないが、質が良くないって噂を聞いてるんだが……？」

「えっ、そんなことないですよ！　効き目には自信があるので安心してください」

リーヴェは慌てて釈明する。

そういえば、テオの店について変な噂が流れていたということを思い出した。

実際リーヴェが働いてみると、テオの作るポーションの出来は悪くなんてなかった。

むしろ、腕はかなりいいほうだ。街の人たちは誤解していることが分かる。

「そう言われてもなあ……」

男が購入を渋っていると、また別の客が近付いてきた。

今度は二十歳そこそこの若い男で、立派な体格と腰に帯剣していることから戦士系の冒険者だろう。

がさつな動きでポーションを見回すと、一番奥に並べられていたエリクサーに目をつける。

「それ、本物のエリクサーかい？」

「も、もちろんです！」

「本当か？　エリクサーはこんな場所で売るような品物じゃねえぞ？　それに、三つもあるなんておかしいぜ。エリクサーほどのお宝をそう簡単に冒険者が手放すか？」

人の手で製作できるのはEX《エクス》ポーション辺りが限界で、エリクサークラスになると迷宮《ダンジョン》で手に入れるしかない。

そして命懸けで戦う冒険者にとっては、エリクサーはノドから手が出るほど欲しいレアなお宝だ。売れば金になるとはいえ、おいそれと手放したりはしない。

そういう理由もあって、大きな魔導具店ならともかく、こんな場所で三本も並べてあるのはあまりにも不自然なのだ。

男が不審に思う理由をリーヴェも察するが、エリクサーは自分が作ったとは言えなかった。

そんなことを言えば、間違いなく偽物と思われるからだ。

品質には自信があるのに、それを証明できないことが歯痒い。

結局二人の男たちは、何も買わずにそのまま去ってしまった。

「そう気を落とさないでください、リーヴェさん。あなたが作ったポーションは間違いなく上質なのだから。今日はまだ一日目だし、根気良く粘ればそのうち顧客がついてくれますよ」

一個も売れない状況に意気消沈しているリーヴェを、テオがやさしく慰める。

そうは言うものの、テオ本人も景気良く売れてくれることを祈っていただけに、この状況は結構ショックだった。

入れ物も綺麗で中身も上質、それでいて割安なのだから、これで売れないなら打つ手がない。

誰か有名な人物に宣伝してもらえたらとも思うが、残念ながらテオにはそういう伝手《つて》もない。

販売戦略を根本的に見直さなくてはと考え込んでいたところ、ふとリーヴェたちに声がかけられた。

「あら、そこにいるのはテオじゃない」

妙な威圧感のある声に振り返ってみると、そこには二十代半ばほどの女性が立っていた。

身長は百七十センチ前後、ウエーブのかかった赤い髪をセミロングに伸ばし、スタイルの良さを強調するような派手な服を着ている。

特に胸には自信があるようで、胸元は大きく開いていた。

かなりの美人ではあるが、目つきが鋭く、性格がきつそうな印象を受ける。

「テオともあろう男がわざわざこんな場所まで来てポーションを売ってるなんて、落ちぶれたもんね……ざまあないわ」

女性は薄笑いを浮かべながら、小馬鹿にするような口調で嫌みったらしい言葉を吐いた。

(何この女⁉　露出狂みたいな格好してるし、脳みそにいく栄養をおっぱいに吸われてるからこんな性格になるのね)

根っからの理系なリーヴェらしからぬ根拠のない暴論だが、これには僻《ひが》みも入っている。

元々胸に自信がなかったリーヴェにとって、巨乳はある意味で天敵なのだった。

それだけでなく、リーヴェが気になっていたのは、この目の前の女性が醸し出す怪しい雰囲気だ。

態度が大きいだけじゃなく、実に信用ならないものを感じる。

「ベラニカさん……久しぶりですね。今は何をされているんですか？」

「ふふん、あなたのお店を追い出されたあと、アトレチオ総合魔導具店に雇っていただいてるわ」

「アトレチオ総合魔導具店⁉」

「ええ、おかげさまでね。ワタシをクビにしてくれて、あなたには感謝してるくらいよ」

アトレチオ総合魔導具店――それはリーヴェが最初にテオの店に来たときに聞いた名前だ。

確かユーディス王国一の超巨大魔導具店で、この店ができたせいでテオの店の売り上げが減少したのだった。

そしてあまり評判の良い店ではない、と聞いたこともリーヴェは思い出す。

「これでも苦労したのよ。あなたがワタシを泥棒扱いしたから、なかなか雇ってくれるお店が見つからなくてね。困ってるところを、オーナーのアトレチオ様に拾っていただいたの」

「それは、ベラニカさんがお店の売り上げに何度も手をつけたから注意しただけで、それについて誹謗中傷を広めたりはしていません。お店を辞めていただいたのも、あなたがその……金銭と引き換えに無理やり関係を迫ってきたから、仕方なく……」

「手をつけたっていっても、はした金じゃないの！　愛人契約だって、ワタシのような美人相手なら普通は喜んでお金を払うでしょ？　それなのに、あなたってばあっさり断ってワタシを追い出すなんて……バカにして！　そもそも給料が安すぎだったのよ。ワタシのような優秀な調合師に、あの程度の賃金しか払えないあなたが悪いんだわ！」

二人のやり取りを聞くと、このベラニカという女がテオのかつての部下だということが分かる。

そしてこの女は、店の売り上げを盗んだらしい。なのに、まるで悪びれる様子もなく、恨みがましいことをテオに告げている。

この図々しさにリーヴェは呆れ果てた。

（なんていう恥知らずな女なの⁉）

ひょっとして、テオの店の悪い噂を流したのはこのベラニカなのではなかろうか？

リーヴェは女の勘でそう推察する。

実際、悪い噂を広めたのはベラニカだった。

リーヴェは知らないが、かつては知る人ぞ知るポーション作りの名手とテオは言われていた。しかし、色々あって都会を離れ、静かな街外れにポーション専門店を構えることになった。

そこへベラニカがやってきて、さんざん店を引っかき回した挙げ句、最終手段として色仕掛けでテオを籠絡《ろうらく》しようと試みた。

だが、残念ながらテオには通用しなかった。

その逆恨みで、テオの店の評判を落としたのだ。


「それじゃあテオ、せいぜい頑張ってね」

小馬鹿にしたような捨て台詞《ぜりふ》を吐いてベラニカが立ち去ろうとすると、広場の奥がざわざわと騒ぎ出した。

直後、人混みを分けて数人の男たちが姿を現した。

「誰か高位神官《ハイプリースト》か、もしくはＥＸ《エクス》ポーションを持ってるヤツはいないか⁉」

男たちは大声で叫びながら、担架に怪我人を乗せて運んでいる。

見たところ、かなりの重傷らしい。担架から血が滴り落ちているほどだ。

緊急事態のようで、リーヴェたちもその場に駆けつける。

「いったい何があったんだ⁉」

「建築作業中に屋根から落ちちまって、運悪く下にあった木材に串刺しになっちまったんだ」

男たちの会話を聞くと、近くで建築中だった建物から作業員が落ちて大怪我をしてしまったらしい。

治すには上位回復魔法か上級ポーションが必要で、急いで冒険者の集まっているこの広場に連れてきたとのこと。

リーヴェが見るに、担架の上の作業員は完全に意識を失っていて、首と腹部に開いた傷口から次々と血が溢れ出ていた。

ほかにも、手足のあちこちに酷い怪我をしている。

「こ、こんな大怪我、高位神官《ハイプリースト》どころか大司教の回復魔法でも治療できないぞ」

「エリクサーならなんとか助かるかもしれないが……」

リーヴェはまだ回復魔法を見たことはなかったが、どうやら最高クラスの回復魔法でもこの怪我は治療できないらしい。

だが、自分の作ったエリクサーならどうだろう？

試してみようかと思ったところで、ベラニカがついっと前に進み出た。

「あなたたちは幸運よ。アトレチオ総合魔導具店の主任調合師であるワタシがここにいるなんてね」

「アトレチオ総合魔導具……じゃ、じゃあエリクサーを持ってるのか⁉」

「当然よ。緊急事態には備えているわ。ただし、代金として二千万G《ゴールド》もらうけど、どうする？」

「にっ……二千万G《ゴールド》⁉」

担架を持っている男たちは、驚愕の声を上げる。

「超レア回復薬《ポーション》エリクサーよ？　これくらいの価格は当たり前でしょ。嫌ならこの話はなかったことにして」

「……分かった、なんとしてでも絶対払うから、この男を助けてやってくれ」

悩んでいる時間もないので、男たちは顔を見合わせて決意したあと、大金を払ってでも仲間の命を助けることを選択する。

「本来なら即金じゃないと売らないけど、まあこの状況だから、特別に後払いでもＯＫにしてあげるわ。周りの人たちは証人になってよね」

そう言ってベラニカは懐《ふところ》から小ビンを取り出すと、ふたを開けて担架の怪我人に振りかけた。

すると男は癒やしの光に包まれ、全身のあちこちにある傷がみるみると塞がっていく。

だが……首と腹部から溢れ出る血は止まらなかった。

「あら、Ａランク冒険者から仕入れたとっておきのものなのに、このエリクサーでも完治できないなんて……」

ベラニカは予想外の結果に驚く。

大きな怪我というのは、追加で何度もポーションを使えばそのうち治るというものではない。各ポーションのランクごとに治せる限界があるからだ。

この男の怪我は、エリクサー以外では治せない。

そのエリクサーでも完治できないのなら、もう助ける手段はほぼないだろう。

「どういうことだ⁉　今のはエリクサーなんだろ？　なんで治らないんだ⁉」

「エリクサーといえども完璧な回復薬《ポーション》じゃないわ。例えば身体欠損は修復できないし、治せない怪我だってあるのよ」

「そ、そんな……」

男たちにそう冷たく言い放つと、あとのことなんて知ったことではないというように、ベラニカはそそくさとその場を離れようとした。

そこへ、入れ替わるように急いでリーヴェが走り寄る。

「私の……このエリクサーを使ってください！」

怪我人を見たときすぐにも自分のエリクサーを使いたかったのだが、この世界ではリーヴェは来たばかりのよそ者だ。

いきなり出しゃばるのは少し躊躇《ためら》われたので、静かに成り行きを見守っていたところ、ベラニカのエリクサーが失敗したことで慌ててやってきたのだ。

「またエリクサー⁉　それは本物なのか？」

「た、多分……」

「多分だなんて、自分が持っているポーションの種類も分からないというのか⁉」

本物かと聞かれても、これはリーヴェが自分で作ったものだ。本物と宣言して良いものかどうか、リーヴェは悩む。

そもそもテオがエリクサー級と判断したのでそう売ることにしたが、ひょっとしたら本物のエリクサーには及ばないかもしれない。『魔導器創造』スキルの評価では『ランクB』だったし、正直リーヴェも自信がなくなってきた。

果たして、エリクサーと名乗れるだけの回復効果はあるのだろうか？

「と、とりあえず使いますね」

「あっ、おいっ！」

もはや一刻の猶予《ゆうよ》もなさそうなので、男の質問を無視してリーヴェは怪我をしている作業員にエリクサーを振りかける。

すると、さっきとは比べものにならないほど強い癒やしの光で包まれ、そして徐々に首と腹部の出血が止まっていく。

しばしののち、酷い状態だった傷も完全に塞がったのだった。

「こ……こりゃあすごい、これが本物のエリクサーの力……！」

「……くはっ、ふっ、うう……ふぅ……」

みんなが見守る中、作業員の呼吸がゆっくりと整っていき、そして意識を取り戻す。

エリクサー級と判断したテオの鑑定は正しかったのだ。

「オ、オレはいったい……？」

「良かった、無事回復したぞ！」

「おおおおお〜っ‼」

まだ状況を理解できてない作業員をよそに、周囲から大きな歓声が湧き上がった。

「お嬢ちゃんありがとう！　君のおかげだ。エリクサー代はいくらでも払う、値段を教えてくれ」

「ああ、いえ……ただでいいですよ」

「た、ただ⁉　無料でいいってことなのか？」

「はい。私も効果は半信半疑でしたし、ちょっと不謹慎ですが、実際の効果が確認できてむしろ感謝したいくらいです」

「し、しかし、こんな貴重な回復薬《ポーション》を……」

「本当に気にしないでください。私の薬で命を救うことができて嬉しいです」

リーヴェたちのやり取りを、ベラニカは青い顔をしながら見ている。

相当ショックを受けたらしい。

何せ、自慢のエリクサーでは救えなかったうえ、どこぞの女が出したエリクサーが凄まじい回復効果を発揮したのだ。

しかも、エリクサー代はいらないという。到底信じられないことである。

恥をかかされた怒りなのか、手足まで震えてきた。

「おいアンタ、さっきのアレは本当にエリクサーだったのか？」

男の言葉で、ベラニカはようやく我に返る。

「申し訳ないが、偽物には二千万G《ゴールド》も払えないぞ。どうするつもりだ？」

ベラニカは言葉に詰まる。

アレは間違いなくエリクサーとして買い取ったものだったが、リーヴェのエリクサーが見事に治療しただけに、何も言い返せなかった。

ひょっとしてEX《エクス》ポーションだったかもしれないと、ベラニカは自分の鑑定ミスを疑う。

元々プライドばかり高いくせに、ロクに仕事もできない女だ。

だからこそ、テオの店で盗みも働いた。

エリクサーの鑑定についても、回復力測定機には正確な量を入れないと数値に誤差が出てしまうのだが、慎重さに欠けるベラニカはそれを怠《おこた》った。

それが原因で店が損をしようとも、自分はただの雇われだから関係ない。

そういう意識レベルで仕事をしている。

ただし、容姿に恵まれているうえに悪知恵も働くので、世渡りはそこそこ上手いのだが。

今の店では、魔導具の品質以上に強気な値段をふっかけて、それで儲けを出していることからオーナーであるアトレチオの信頼も得ていた。

こんな価格設定は、市場のシェアを大きく占める超大型魔導具店だからこそできたものだが、この強引な販売手腕がたまたま成功したことにより、ベラニカの評価も上がった。

無能なくせに運だけはかなり良いと言える。

「……いいわ、二千万G《ゴールド》ではなく、EX《エクス》ポーションとして三百万G《ゴールド》払ってくれれば結構よ」

「アレが三百万G《ゴールド》？　…………まあ仕方ない。近々必ず持っていく」

「お待ちしてるわ」

それだけ言うと、ベラニカは背中を向けこの場を去っていった。


「さあ皆さん、ポーションはまだまだたくさんありますので、ぜひ見ていってください。今日は特別に二割引でお売りいたしますから」

落ちついたところで、リーヴェは集まっていた人々に声をかけた。

そして荷台へと案内し、ポーションをアピールする。

「おおっ、なんつー綺麗なビンに入ってるポーションだ」

「入れ物だけでも相当な価値がある。芸術品として飾ってもいいくらいだぞ」

「お嬢ちゃん、オレに通常ポーションを一本くれ！　ちょうど治したい怪我があるんだ。ポーションを使うか迷ってたんだが、せっかくだからこのポーションがどの程度の質なのか確かめさせてもらうぜ」

大柄な男がポーションを受け取り、その場で傷口に振りかける。

すると、軽度の負傷とはいえ、瞬時に治ってしまった。

「こりゃあすごい回復力じゃねえか！　間違いなく上質なものだぞ！」

「なんだ、テオのポーションは質が悪いだなんて、まったくのウソじゃないか」

「誰だ、そんなデマを流しやがったのは！」

ポーションが上質と分かると、集まった人々はこぞって買いまくった。

二割引なら超お買い得だと、なんと残っていたエリクサー二本まで売れてしまった。

目の前であれほどの回復力を見せたのだから、効果のほどは疑う余地もない。

そんなわけで、持ってきたポーション全てが完売したのだった。

☆

「リーヴェさん、本当にありがとう。まさか完売するとは思いませんでしたよ」

街の広場からお店に帰り、荷馬車を片付けてから、リーヴェとテオはポーション販売の成功を祝いに酒場へ来ていた。

おしゃれなレストランに行く選択肢もあったのだが、酒場のほうが気楽でいいとリーヴェが提案したのだ。

席に着いて一息ついたあと、テオがウエイトレスに注文をする。

「僕にはビールを、この子にはブドウジュースをください」

「あ、テオさん待って、私もビールがいいです」

「ええっ、君はまだ子供でしょ？　ビールなんて飲んでも美味しくないですよ？」

「いいんです。お姉さん、私もビールで！」

ウエイトレスは特に断ることもなく、そのまま奥へと立ち去る。

どうやらビールを飲むための年齢制限などはないようだ、とリーヴェは安心する。

「それで、売り上げは本当に半々でいいんですか？　これほど売れるなんて思ってなかったので、半分ももらったら申し訳ないですよ。僕は何もしてませんからね」

今回の販売では千八百万G《ゴールド》以上の売り上げがあったので、折半ならテオには九百万G《ゴールド》ほど分配されることになる。

自分がやったのは、工房を貸してポーションを広場まで運んだくらいなので、それでこんなに分け前をもらってはリーヴェに申し訳ないと思ってるのだ。

「もちろんです。そもそもテオさんが雇ってくれなかったら、ポーションは作れませんでした。素材集めにも色々協力していただきましたし、遠慮なく受け取ってください」

「リーヴェさんがそう言ってくれるなら、ありがたくもらうとするよ」

右も左も分からない異世界に来て、リーヴェがこれだけいいスタートを切れたのは、間違いなくテオのおかげだ。

あのとき雇ってもらえなかったら、今頃いったいどうなっていたか分からない。

今回充分資金を稼げたし、この先はだいぶ楽になるだろう。

リーヴェは心の中でも重ねてテオに感謝する。

「まあでも、ポーションを売りすぎたら流通バランスを崩しちゃいそうですから、今後は一日の販売本数を制限しましょう」

「その辺りは君に任せるよ。自分が納得するだけ作ればいい」

「それで、もしテオさんが許してくれるなら、今後ポーション以外もお店で売っていただきたいんですが……。私が作る魔導具を置いてほしいんです」

今日のことで異世界でもやっていける自信がついたリーヴェは、この先さらに多くの魔導具を開発して売っていきたいと思っている。

ただ、自分は接客などには向かないので、お店のことはテオに任せ、裏方に回って研究に注力したいのだ。

「リーヴェさんはポーション以外も作れるんですか？」

「多分……色々やってみたいことがあるんです」

「そりゃすごい。僕はポーションしか作れませんからね。いいでしょう、僕の店をポーション専門店から総合魔導具店に変えますよ」

「ありがとうございます！」

リーヴェが喜びながら礼を言ったところに、ビールが二つ運ばれてきた。

テオと一つずつ受け取り、ジョッキを合わせて乾杯をする。

「ああ美味しい！　僕はあまりお酒を飲みませんが、お祝いに飲むビールは格別です」

「そうですね！　くぅ～キンキンに冷えてるぅ～っ！」

異世界のビールもなかなか美味い。次々に運ばれてくる料理をつまみにしながら、リーヴェはごくごくとノドに流し込んでいく。

とそのとき、クラッと目眩《めまい》がした。頭もなんとなくジンジンする。

（あれ……ちょっと待って、これって……！）

まだ大した量を飲んでいないのに、自分がかなり酔っていることに気付くリーヴェ。

少し気分も悪くなってきた。

（この体、もしかして『アルデヒド脱水素酵素2《ＡＬＤＨ２》』が低活性型なの!?）

アルコールに強いかどうかは、体質――遺伝によって受け継いだＡＬＤＨ２の活性タイプによって決まる。

地球にいた頃のリーヴェ《理英》はＡＬＤＨ２は活性型だったので、ガンガンお酒を飲んでも問題なかった。

しかし、転生したこの体は違うようだ。

（ううっ、アセトアルデヒドを分解してくれない、気持ち悪〜っ）

研究以外の趣味がないリーヴェは、仕事を終えたあとのお酒が何よりも楽しみだった。

それが、この体ではお酒を楽しめないのだ。

（くっそーっ、あの女神めえええええっ！　これじゃ私、何を楽しみに生きていけばいいのよ！）

まったく飲めない『不活性型』ではなさそうなので、少しは嗜《たしな》めそうではあるが、ザルのように酒豪だったリーヴェにはつらい現実だ。

せめてもう一口だけ……と思って口に入れるが、ビールを吐き出してしまった。

「ああほら、やっぱりお酒はまだ早いんですよ。大丈夫ですか、リーヴェさん？」

テオがやさしくリーヴェの背中をさする。

（そんなんじゃないの、本当にビールは大好きなのよおおおおお……）

リーヴェは吐き気で食事もノドを通らなくなってしまった。

仕方なく打ち上げはお開きにして、二人は帰ったのだった。

第二章　魔導具作ります

一．超科学実験

「むっふっふ～っ、ようやく完成したわ、私の住居兼研究室が！」

ここまで来るのに二週間。色々と駆けずり回った甲斐《かい》があったというもの。

リーヴェは満足げに微笑みながら、出来上がった室内をぐるりと見回した。

あのポーションを売りに行った日以来、テオの店は大盛況となり、夕方前にはほとんどの品が完売してしまうほどになった。

ただそれは、流通をコントロールするため、製作数を少なめにしているという理由もあるのだが。

ポーションについては今後の目処《めど》も立ったため、リーヴェは次の行動に移る。

落ちついて研究をするためにも、まずは自分の住む家を探すことにした。

ポーションの売り上げが非常に好調なので、予算も問題ない。ここ十日ほどはポーション作りもそこそこに、物件を求めてあちこちに足を運んでいた。

色々と探し回って見つけたのは、街外れにポツンと建つそこそこ広い借家。

テオの店からは少し離れているが、造りもそれなりにしっかりしていて、見栄えもまあまあだ。

周囲に民家がないこともリーヴェにとってはありがたいところ。

家賃が少し高いのが難点だが、リーヴェの収入なら問題ないレベルだった。

何よりこの家について気に入ったのは、すぐ裏に廃材置き場があること。ここなら、魔導具製作用の素材がすぐに手に入る。

立地が悪いうえ、家賃も安くないので借り手がいなかったのだが、リーヴェにとってはまさに理想の家だった。

ということで即座に契約し、早速色々と持ち込んで室内を改装したのだ。

一番広い部屋は、研究室として使うことにした。そのために様々な器材を作って設備を整えた。大火力の加熱機器などももちろん備えてある。

着火については『マッチ』を作ったので、もう火を使う作業で困ることもない。

あとの部屋は適当に生活雑貨などを揃え、自分好みに作り替えた。

生活魔法の『鮮度維持《フレッシュネス》』が使えないリーヴェは、食料の保存のために冷蔵庫なども製作済みだが、苦労したのがお風呂だ。

この異世界には、毎日入浴するという習慣がなかった。

お風呂自体も、貴族の屋敷でもない限り設置されていなかった。

では汚れた体はどうするかというと、これは生活魔法の『洗浄《クリーン》』を使えば、すぐに綺麗サッパリ清潔にできる。

生活魔法が使えない人のために、身体洗浄を専門で行っている施設もあるので、公衆浴場に行く人も少数派だ。

しかし、地球育ちのリーヴェにはそれが我慢できなかった。

温かいシャワーを浴びてゆっくり湯船に浸かる。この極上の幸せを諦めるわけにはいかない。

ということで、『魔導器創造』スキルで温水自動作製魔導機器——つまり浴室を作ろうとしたのだが……

実は最初、『魔導器創造』スキルでは風呂を作ることができなかった。

単純な構造である風呂は魔導具と判定されず、スキルが反応しなかったのだ。

この世界でも風呂自体は珍しくなかったので、地球独自の技術《テクノロジー》とは認められなかったのだろう。

そこでリーヴェは少し発想を変える。

この世界の風呂は薪《まき》に火をつけて温める直焚浴槽だ。ならば、電気で温める構造にすれば、魔導具扱いになるかもしれない。

そう考えて試してみると、無事電気湯沸かしタイプの風呂が完成した。

シャワーも問題なく製作できた。お湯を電動ポンプで汲み上げて、細かい穴の開いたノズルから噴出させるという発想が魔導具扱いとなったのかもしれない。

この辺りの判定は、リーヴェもよく分からないところだ。

生活に使う電気に関しては、太陽光発電で賄《まかな》うことにした。冷蔵庫などもこれで動いている。

こういうものも魔導具扱いのようで、『魔導器創造』スキルで問題なく製作できた。

ただ、この世界ではインフラ関係が全然発達してないので、電気やガス、水の安定確保が難しいところ。

ちなみに、この世界には『属性魔法』というのがあって、それを覚えれば、火・水・土・風・光・闇・聖・無という八属性の魔法が使えるようになる。

これは『生活魔法』よりも圧倒的に強力で、魔力で炎や水を生み出したり、土や風を操れたり、身体能力を上げたり下げたり、さらに傷の治療や相手を眠らせたりすることもできるらしい。

生活用水も『水属性魔法』を使えば簡単に補充できる。

一応井戸があるので飲み水程度ならそこから汲んでくれれば足りるが、大量に水を使う場合——例えば入浴用の水は、水道のないこの世界ではなかなか用意できない。だから風呂などを使用する場合は、『水属性魔法』で調達することになる。

リーヴェが使う水も『水属性魔法』が頼りだ。習得者に頼んで、定期的に生活用水を補充してもらわなくてはならない。

リーヴェは地球のテクノロジーで生活環境を整えるが、この世界では『火属性魔法』が使えれば加熱作業に困ることはないし、『生活魔法』があれば冷蔵庫も必要ないし、『風属性魔法』を使えれば雷撃（電気）が出せるので太陽光発電もいらない。

とはいえ、この世界には電化製品などないので、電気の需要があるのはリーヴェだけだが。

とにかく、『魔法』というだけあってなんでもありだ。

大変便利ではあるが、リーヴェはイマイチ納得できなかった。

（魔力って何よ、非科学的すぎて全然解析できないわ）

正確には、異世界に存在する『魔粒子』を操ることでこれらの現象を起こすことができる。

それはリーヴェも『ラジエルの書』を読んで理解しているのだが、『魔粒子』の性質が自由すぎ――あまりにもなんでもできすぎてズルいと思っているのだ。

原理は理解しているが納得はできない。そんなジレンマ。

まあだからこそ、『魔法』なのかもしれないが。

このほかにも『ラジエルの書』にはまだまだ途方もない量の情報が載っていて、いったいいつ読み終わるのか分からないほどだ。

リーヴェはヒマさえあればこれを開いているが、その中で気になる項目を見つけていた。

この世界には、『時空魔法』というとんでもない魔法がある。

そのことを知ったリーヴェは、ある伝説のアイテムを作る計画を立てたのだった。

☆

ゴロゴロゴロ……

どんよりと曇った空から、重い音が鳴り響いてくる。

異世界にも当然天気というものがあり、晴れや曇り、雨、雪、そして雷の鳴る嵐もある。

今日の天気がその嵐だった。

（この日を待っていたわよ。さすがの私も緊張で武者ぶるっちゃうわね）

リーヴェの考える実験には雷が必要不可欠だった。よって、落雷を促《うなが》すため、高さ三十メートルの避雷針も作ってある。

そのすぐそばに、仮説を証明するための簡易設備も作った。

この実験のために、今まで稼いだお金はほとんど使ってしまったほどだ。

あとは雷が避雷針に落ちてくれれば実験開始だ。リーヴェはそのときをじっと待つ。


ピッシャーーーーン！

ドッゴオオオオオンッ！


激しい稲光が瞬《また》き、避雷針に雷が落ちた。

少し遅れて、凄まじい衝撃音が辺りに轟く。

無事に雷が落ちたことで、リーヴェは自分の仮説が正しいか、計器を見て確認をする。

「やっぱり、雷放電の際に発生するガンマ線が地球よりも遥かに多いわ。そして、大気中の魔粒子を使えば、ガンマ線を収束させることができる！」

これで一応理論的には証明できたので、改めて『魔導器創造』スキルで完全版の実験設備を作り上げる。

こんな装置は地球じゃまず製作不可能だったろうが、異世界では実現できた。

ここからが本当の本番だ。

（もう一度、雷来てちょうだい……！）

祈るように待っていると、再び雷が避雷針に落ちた。

「来たわ！　よし、ガンマ線レーザーを『幻光苦礬柘榴石《ディフィアント・パイロープ》』に照射っ！」

『幻光苦礬柘榴石《ディフィアント・パイロープ》』とは、ワイバーンの希少種『真紅瞳の翼竜《クリムゾンアイ・ヴイーヴル》』の目から取れる鉱石で、主に魔導装備などに使われる超レアアイテムだ。

リーヴェは高いお金を払ってこれを入手していた。

リーヴェが作ったのは、超高出力のガンマ線レーザーを放出する装置だった。

拡散するガンマ線を収束させて、ビームとして縮退炉の中の『幻光苦礬柘榴石《ディフィアント・パイロープ》』に当てる。すると光核反応が起こり、『幻光苦礬柘榴石《ディフィアント・パイロープ》』がベータプラス崩壊し、反物質である陽電子を大量に放出する。

この『幻光苦礬柘榴石《ディフィアント・パイロープ》』は、安定した状態を維持できる陽子過剰核物質でできていた。

こんな物質が存在するなど地球ではありえないことだが、『幻光苦礬柘榴石《ディフィアント・パイロープ》』が持つ特性――魔粒子を非常に帯びやすいという性質がこれを可能としていた。

生成された陽電子と空気中の電子が大量に対消滅することで、地球には存在しない粒子『時空重力子《クロノグラビトン》』が出現する。

「よしよし、いい子だ。並行ノイズもないし、今のところ順調ね。磁束密度は……千五百二十七メガテスラ!?　中性子星並みじゃないの！　こんな小型なのに、なんて磁場……！」

『時空重力子《クロノグラビトン》』が集まり高密度となることで、周囲の時空が少しずつ歪みながらゆっくり回転していく。

超重力となった中心は特異点となり、三次元の枠から外れて虚数領域へクレバスのように落ち込み、そしてついに超次元空間《ハイパースペース》の窓が開いたのだった。

「キターッ！　これが【時空移転現象《クロノ・トランスファー》】ね！　ここに『混沌を制する石《カオスインペリウム》』を使えば……」

リーヴェは真っ黒い宝石が付いた指輪を取り出し、縮退炉に入れて暗黒の入り口《ゲート》に慎重に接近させた。

『混沌を制する石《カオスインペリウム》』とは『時空重力子《クロノグラビトン》』を安定させる宝石で、ある鉱物から微量に採取できる。

それをリーヴェの『魔導器創造』スキルで魔導アイテム化したのだ。

『混沌を制する石《カオスインペリウム》』が入り口《ゲート》に接触すると、黒い穴はスゥーッと宝石に吸い込まれて消えた。

そして『魔導器創造』スキルの声が頭に鳴り響く。

〈要素万全《コンプリート》。素材、器材、理論が全て揃ったので、魔導具を作製できます。完成アイテムは『無限収納空間《アイテムボックス》』×1〉

そう、リーヴェが作っていたのは、いわゆるアイテムボックスだった。

『混沌を制する石《カオスインペリウム》』の力で自由に『超次元空間《ハイパースペース》』を開き、そこに好きなだけものを収納できるという伝説の魔導具。

無事完成した指輪を装置から取り出し、指でつまんで出来具合を確認する。

「『無限収納空間《アイテムボックス》』ゲットーっ！　で、この中に色んなものを詰め込めるってワケね。う～んとっても便利〜っ！」

『ラジエルの書』でその存在を知ったのだが、これは本来なら『時空魔法』という幻《まぼろし》の魔法を使って作る超超レアアイテムである。

しかしリーヴェは、『幻光苦礬柘榴石《ディフィアント・パイロープ》』や『時空重力子《クロノグラビトン》』、『混沌を制する石《カオスインペリウム》』、『魔粒子』などを利用すれば、理論上は再現可能と判断した。

そして実際に作ってしまったのだ。

『魔導器創造』スキルの能力ありきとはいえ、さすがリーヴェと言うべきか。

「これさえあればなんでも持ち歩けるわね。素材集めが捗るわ〜！　せっかくだから、もう一個だけ作っておこ」

ほどなくして二つ目のアイテムボックスを製作したあと、リーヴェは実験装置を解体した。

使い方によっては非常に危険な魔導具だけに、安易に量産するわけにはいかない。

必要があれば、またそのときに装置を作ればいいだけだ。

そして避雷針を解体する前に、ある物質の生成実験をするため、追加で魔導装置を作る。その目的のものを作るのにも雷のエネルギーが必要だったからだ。

しばしのあと再び落雷が起こり、その実験も無事成功した。

全ての目的を完了して、リーヴェは今度こそ屋外にある装置を全部撤去する。

「さぁて、これで今日の仕事は終わり。夜までのんびりと『ラジエルの書』を読むか。まだまだ知りたいことはいっぱいあるからね」

作ったばかりの指輪を大事そうにはめて、上機嫌で家の中に入るリーヴェだった。

二．これぞ本当の錬金術

「……我ながらイマイチね」

いつも自信満々なリーヴェが、ふぅと一つため息をついて気を落とす。

リーヴェともあろう者が、珍しく実験を失敗してしまったのだろうか？

実はそうではなかった。リーヴェがヘコんでいるのは、目の前の料理——オムライス作りに失敗したからだ。

地球にいた頃は毎日のように食べていたお気に入りのメニュー。

ケチャップライスにふわとろの卵を乗せて、デミグラスソースと一緒に味わう極上の舌触り。

それをこの異世界でも再現したかったわけだが……

「私、料理はてんでダメなのよね。オムライスは魔導具じゃないから『魔導器創造』スキルでも作れないし」

リーヴェは作りたての料理を気乗りしない手つきで口に運ぶ。

自分では結構頑張ったつもりなのだが、小学生が母親に教えてもらったばかりのような出来になってしまった。

実験に対する精密な作業は得意なのに、食材を調理するのは何故か苦手だった。

下ごしらえも面倒で、どうしても手を抜いてしまう。

リーヴェはけっして不器用ではないのだが、どうやら実験と料理では別の技術が必要らしい。

「誰かが作ってくれたらありがたいんだけど、異世界にはオムライスがないのよねえ……教えたら作ってくれるかしら？」

異世界の料理も美味しいことは美味しいのだが、やはり慣れた味が恋しくなるもの。

それに、異世界の料理は少々味気ない感じがする。

調べてみると、調味料の種類が少ないようだった。砂糖や胡椒は貴重なようだし、発酵食品なども未発達で、それでどこか気の抜けた味になってしまうのかもしれない。

（ふむ、あとでその辺りも開発したいわね。ただ、調味料は魔導具じゃないから、スキルの力ではなく自力で作らないとなあ）

『魔導器創造』スキルの万能さに慣れてしまうと、手間暇かかる作業がとても面倒に感じてしまう。

自分の好きな研究なら、いくら面倒でもまったく苦にならないリーヴェではあるのだが。

今後の食生活に少々頭を悩ませつつ、焦げたケチャップライスとボソボソの卵を腹に入れてリーヴェは食事を終えた。

（さて、今日は少しゆっくりしましょうか）

朝食のあと、一杯の紅茶をいれる。

街を回ったときにたまたまお店で飲んだものだが、香りが好きで買ってみた。

それはドイツの研究所にいた頃よく飲んでいた、好きなメーカーのブレンドティーの香りに似ていた。

紅茶をひとくち口に入れ、ゆったりと優雅な気分に浸る。

異世界《こっち》に来てまだちょっとしか経っていないのに、研究所にいたのがもうずっと昔のような懐かしい感覚をリーヴェは覚えた。

今日一日ゆっくりしようと決めたのは、色んなことが一段落ついたからだ。

ポーションも自分の家で作れるようになったので、テオの店に通う必要はない。三日に一度、作ったポーションを納品しに行くだけで大丈夫だ。

テオには完全に委託販売を任せるだけとなったが、特に問題はなかった。

ただ、テオが売り上げの半分も受け取れないと言ってきたので、委託手数料として売り上げの三割を渡すことで合意した。リーヴェとしてはもっと手数料を渡しても良かったのだが、それ以上は受け取れないと断られてしまった。

リーヴェのポーションのおかげで店は大盛況らしく、また従業員を雇える余裕もできたほどだ。

テオはそれで充分らしい。

ちなみにリーヴェのポーションは、聖水の上位版『超聖水』を素材に使うことで、すでにランクAのものまで完成していた。

それは『ハイパーエリクサー』と言って、負傷直後なら身体欠損すら治すほどの凄まじい回復効果を持っていた。

迷宮《ダンジョン》の深層でしか手に入れられない、超級のレアアイテムである。

売り物としては値がつけられないほどの希少品だが、テオの店では販売価格二千万G《ゴールド》に設定した。もっと安くてもいいのだが、転売などで流通を乱されても困るのでこの価格に決めたようだ。

さすがにまだ一個も売れてないみたいだが。

ここまでは順調だったのだが、そのさらに先――ランクSの回復薬《ポーション》はなかなか作れない状況だ。

適切な素材が見つからず、リーヴェは滋養強壮効果なども含めて片っ端から色々入れてみたが、ランクSにはならなかった。

あともう一押しのところまで来ているが、やはり最高ランクを作るのは簡単にはいかないらしい。

（ま、それでこそやりがいがあるけどね）

すっかり楽観ムードだが、リーヴェがここまで余裕があるのは、金銭的に困ることはもうないだろうと思っているからだ。

ポーションの売れ行きが好調ということもあるが、それ以外に、実はとんでもない資産をリーヴェは手に入れていた。

先日、雷を利用した実験でアイテムボックスを製作したが、ついでにもう一つあるものを作っていたのである。

きっかけは本当に偶然で、なんとはなしに温度計に使われていた水銀を調べてみたところ、地球のものとは違う性質を持っていることにリーヴェは気付いた。

この異世界の水銀は、地球にはほとんど存在しない『Hg196』だったのだ。

地球では非常に希少な水銀同位体『Hg196』が、この異世界には大量に存在する。これを知って、先日の嵐の日にリーヴェは追加で『円形加速器《サイクロトロン》』を作って実験した。

『時空重力子《クロノグラビトン》』の磁場を利用すれば、荷電粒子である陽子を円形軌道で加速することが可能だったからだ。

この加速した陽子ビームを、緑柱石から採取したベリリウムに衝突させ、発生した中性子を水銀『Hg196』に連続照射すると……

なんと、『Au197』――つまり『金』になるのだ。


これぞまさしく錬金術。

しかも、この世界の水銀は、魔粒子の影響なのか崩壊速度が異常に早い。よって水銀はすぐさま金に変化し、リーヴェはこの手法で水銀一トンを金一トンに変えていた。

『魔導器創造』スキルの力で、それを一キログラムごとの延べ棒千本にしてある。

金相場は変動するので正確には値が出せないが、だいたい一キロ一千万G《ゴールド》といったところだろう。つまり、全部《一トン》で百億G《ゴールド》を手に入れていた。

もちろんこれは、そう簡単には表に出せないものだ。

全体の流通量から考えると、金一トン程度なら大暴落まではしないだろうが、それでも無闇に価値を下げるわけにはいかない。

リーヴェとしては、生活や研究にかかる費用は魔導具の売り上げだけで賄《まかな》っていく予定で、金塊はあくまでもいざというときのための保険である。

異世界では何があるか分からない。

そして、やはり金は力《マネー・イズ・パワー》だ。

大金を確保しておけば、非常時になっても心強い。

とりあえず金塊はアイテムボックスに収納し、リーヴェは大きな安心を得たことにホッとしている。

（なんか順調すぎて怖いくらいね。研究は楽しいし、未知の世界に対する興味も尽きない。今のところ特に不安はないわね）

少し気になったのは、先日街で会ったベラニカという女。

テオの部下だったらしいが、油断のならない雰囲気を放っていた。去り際など、憎悪《ぞうお》のようなものすら感じたほどだ。

（何か良からぬことをしてこなければいいけど……）

まだまだ心配事は尽きないが、今後の異世界生活に希望を抱くリーヴェだった。

三．街へ行く

早朝。リーヴェは台所から上機嫌でダイニングに入る。

「我ながら上手にできたわ！」

両手に持った大きめの皿には、スライスされた生魚の身と野菜が載っていた。

薄いピンク色をしたそれはウルナグという魚の身で、あまり生食されるものではなかったが、寄生虫や毒などがないことは『ラジエルの書』で知っていた。

この世界では魚や肉などを生で食べる習慣がないので、このウルナグも基本的には火を通して食べる。しかし、生で食べる美味しさを知っているリーヴェは、可能ならそのままで味わいたいと思っていた。

切り身の上に色とりどりの野菜をトッピングし、バジルに似たサンナという植物に酢《ビネガー》とオリーブオイル（に似たもの）を混ぜて作ったソースで味付けをしてみる。

要するに、この世界の素材で作ったカルパッチョだ。

これをガーリックトーストと一緒に食べる。

「う～ん美味い！　これは客を呼べる味だわ！」

魚の旨味がジュワリと舌に溶け出し、つんとしたソースの香りと野菜の風味が鼻孔をくすぐる。

……というような繊細な感度は、リーヴェの味覚にはないのだが。

オイルを少し使いすぎなところも気になるが、リーヴェとしては美味しければそれでいいという感じ。

まあとにかく満足な出来映えということだ。

あまり料理が得意ではないリーヴェだが、魚肉を薄切りにしたり、パンを焼くくらいなら問題なかった。

切り方が多少雑なのはご愛敬《あいきょう》。

朝から白ワインが欲しいと思いながら、リーヴェは料理をひとくちずつ口へ運んでいく。

ほどなく一人前には少し多い量をぺろりと平らげ、食器をサッと片付けて本日の予定を確認する。

「テオさんにポーションを届けたあと、今日は街に出てみよう」

リーヴェは一度行ってみたいところがあった。

それに、この世界全てが新鮮なリーヴェにとって、街を歩くのはなかなか楽しかった。

銀髪でなければもっと気軽に出歩けるのだが、今のところはなるべく自重している。この世界に慣れるまでは、やはり目立たないほうがいいだろうという考えだ。

一通り身支度をして、リーヴェは家を出た。

☆

街外れにあるリーヴェの家から歩いて一時間。

リーヴェは自分が作ったポーション三日分を納品しに、テオの店にやってきた。

「テオさん、ポーションを持ってきました」

「いつもありがとうリーヴェさん。相変わらずポーションの売り上げは好調だよ」

リーヴェがポーションを渡すと、テオはにこやかにそれを受け取る。

いまやすっかり大繁盛なので、店での販売は従業員に任せ、テオはポーション作りに専念しているらしい。

リーヴェのポーションだけでもお店はやっていけるだろうが、他力本願はテオの主義ではないし、元々ポーション作りは好きな作業だ。リーヴェに負けないポーションを作ってやるぞと、テオは以前よりも熱を入れてポーションを作っているとのこと。

それを知っているリーヴェは、自分があまりに簡単にポーションを作ってしまうので、少々申し訳なく思っている。

(テオさん、いつも笑顔で優しいな。私の頼みも、嫌な顔一つしないで承諾してくれるし。この世界で順調なのもテオさんのおかげだわ)

リーヴェは、自分が恵まれていることに感謝する。

「それにしても、アイテムボックスまで作ってしまうなんて、やはりリーヴェさんのスキルは『魔導錬金術』かもしれませんね」

幻《まぼろし》とまで言われているアイテムボックスはあまりひけらかすものではないが、作業上テオには見せていた。

リーヴェのスキルは『魔導器創造』なのだが、テオの言う通り、この世界では『魔導錬金術』として伝わっているのかもしれない。

『魔導錬金術』スキルを持っている人がいれば能力の比較ができるのだが、何せ伝説上のスキルなので、持っている人など当然確認できたことがない。

まあ、リーヴェとしてはどちらでも構わないといった感じだ。

「ところでリーヴェさん、今日はハイカラな衣装を着てますが、どこかへ行かれるのですか？」

（ハ、ハイカラ……？　一応褒め言葉よね？）

この世界でどうなのかは知らないが、地球ではすでに死語となっている言葉だ。

異世界語は自動で地球語に翻訳されているらしいが、どういう変換法則でこんな単語《ハイカラ》が選ばれたのか、リーヴェは少し頭を悩ませる。

せめて『小洒落《こじゃれ》た』とかに翻訳してほしいところだ。

「ええ、今日は街まで出掛けようと思っているので、ちょっと服装に気を遣ったんです」

いつものリーヴェは動きやすさ重視でパンツスタイルだが、今日はワンピースを着ていた。

地球にいた頃愛用していたミモレ丈ではなく、膝丈のスカートだ。

異世界《こっち》に来て容姿が変わり、はっとするような美少女になったので、あまりおしゃれに興味のないリーヴェでも着飾るのは楽しかった。

（今度はミニにもチャレンジしてみようかしら）

若い頃からひたすら勉学に励んでいたので、理英が十六歳のときはおしゃれとは無縁の生活をしていた。

特に後悔はしていないが、せっかく若返ったんだから青春を取り戻してみるのもいいかなと思っている。

ちなみに、今日は普段のフードではなく、つば広のハットを被っている。一応髪を後ろでアップにまとめているが、帽子ではやはり銀髪を隠しきれていない。

ただ、帽子の影によって少し色味は違って見えるので、パッと見では完璧な銀髪とはバレないだろう。

銀色がかった髪ならそれほど珍しくないらしいので、これで問題なかった。

「テオ、ポーション買いに来たぜ。最近繁盛してるって聞いた……ん？　そこにいるのは、不用心にも怪しい男についていって襲われたガキんちょか？」

テオと話していると、ふと後方から男の声が聞こえてきた。

振り返ってみたら、そこにいたのは体の大きな獣人――リーヴェを暴漢から救ってくれたシアンだった。

「よぉガキんちょ。無事テオに雇ってもらえたようだな。少しは役に立ってるのか？」

シアンは茶化すようにリーヴェに話しかける。

「いえシアンさん、リーヴェさんは魔導具作りの天才なんです。僕のお店が繁盛してるのも、彼女のおかげなんですよ」

「こんなガキんちょが天才だって!?　おいおい冗談だろ？」

すかさずテオがフォローをして、それを聞いたシアンは目を丸くした。

どうもシアンは悪たれた言葉を吐くのがクセらしい。リーヴェは初対面のときから子供扱いされっぱなしで少々気分を悪くする。

（まあでも、最初に私を助けてくれたのは、このシアンなのよね……）

異世界に来てすぐさま訪れた最大のピンチを救ってくれたのは、目の前のシアンだった。

それについては、リーヴェも感謝を忘れたことはない。

「あ、あの……あのときは助けてくれてありがとうございました」

リーヴェは改めてシアンにお礼を言う。

「なぁに、いいってことよ。おっ、お前今日は綺麗な格好してるじゃねえか。馬子《まご》にも衣装ってやつか？」

（『馬子《まご》にも衣装』ですって!? 失礼ね！ ていうか、翻訳ちゃんと合ってるの!?）

『ハイカラ』に続き、異世界語の翻訳にリーヴェは疑問を感じる。

ただ、シアンが褒めてないことだけは理解した。

（本当に無神経な男よね。テオさんの爪の垢を煎じて飲んでほしいくらいだわ）

助けてくれたことには感謝するが、女性に対する気遣いが足りないシアンにリーヴェは少々憤《いきどお》りを覚えた。

「それでテオ、ハイポーションが必要になるかもしれないんだが、店にあるか？」

「もちろんです。ハイポーションどころか、DX《デラックス》ポーションやEX《エクス》ポーションもありますよ」

「そりゃすごいな。じゃあハイポーション三つとDX《デラックス》を一つくれ」

「分かりました。でもシアンさんがそれほどポーションを必要とするなんて珍しいですね」

「ああ、最近ちょっと物騒なんでな。備えておくに越したことはねえ」

最初に会ったときもそうだったが、シアンの言動にはどうも品がない。粗暴とまではいかなくても、荒々しい雰囲気を全身から溢れさせている。

上品でスマートなテオとは実に対照的だ。

とはいえ、そういう人間とは無縁の生活を送ってきたリーヴェにとっては、非常に好奇心を刺激される存在ではあるが。

リーヴェはちらちらと横目でシアンを観察し続ける。

(それにしても、テオさんのほうが年上っぽいのに、シアンの態度はでかいわね。いくら客とはいえ、敬語ってものを知らないのかしら?)

「サンキュー、テオ。じゃあな！」

リーヴェが口の悪さを気にしている中、シアンはポーションを受け取ると、代金を払ってこの場から去っていった。

「リーヴェさん、シアンさんに助けてもらったことがあるんですね。何があったんですか？」

一息ついたところで、テオがリーヴェに話しかける。

「あ、はい。実は私、テオさんのお店に来る前に襲われたんです。そこをあのシアンさんが助けてくれて……」

「ああ、僕と同じだね。僕もいきなり男たちに襲われたことがあって、そこを偶然近くにいたシアンさんに助けてもらったんだよ」

(あら、やっぱり力だけは強いのね。頼りになるのは間違いないか……)

ガラの悪いところばかり見てしまったが、リーヴェは改めてシアンのことを見直した。

「シアンさんはあの通りちょっとぶっきらぼうなんだけど、本当に優しい人だよ。シアンさんがいなかったら、僕は死んでいたかもしれない」

テオにここまで言わせるのだから、シアンは信頼できる人間なのだろう。

偏見の目で見そうになっていたリーヴェだったが、なんとなくもやもやしていたものがスッキリする。

「それじゃテオさん、私もそろそろ行きますね」

「気を付けて行ってらっしゃい」

テオに別れの挨拶をしたあと、リーヴェは乗合馬車に乗って中心街へと向かった。

☆

「ここが『冒険者ギルド』ってヤツね」

リーヴェはひときわ大きな建物の前で立ち止まり、そこが目的の場所であることを確認する。

街に来たのは魔導具の素材や食材などを買う目的もあったが、一番の目当てはこの冒険者ギルドに来ることだった。

木製の分厚い扉を押し開いてリーヴェは中に入る。

（うっ、すっごい男臭い……）

広い室内では、大勢の人間が所狭しと歩き回っていた。

女性もちらほら見かけるが、ほとんどが体格のいい男で、皆ゲームに出てくるような武器や防具を装備している。

掲示板らしきものの前には人集《ひとだか》りができていて、何やら大声で相談している様子も窺《うかが》える。その奥にはテーブルと椅子が数セット置かれており、食事などもとれるようだ。

（筋肉の見本市のようだわ……「ナイスバルク」ってかけ声が聞こえてきそう）

リーヴェは筋肉自体には特に思うところはないが、脳筋男は特大に苦手だった。

以前、研究で死ぬほど悩んでいたときに、「大丈夫、筋肉が全てを解決するよ」と笑顔で上腕二頭筋を見せつけられたことがあったのだ。その脳筋男を、放射性廃棄物の処分場に頭だけ出して埋めてやろうかと思ったほどだった。

苦い思い出に軽く目眩《めまい》を覚えつつ、リーヴェは近くのカウンターに歩み寄り、受付嬢に話しかけた。

「すみません、ここで依頼をお願いできると聞いたんですが……？」

「依頼の申請ですか？　それなら窓口が違いますので、ここでは受け付けておりません。この裏側に依頼者専用の入り口がありますので、そこでお願いいたします」

（あれ、ここじゃないのか。そういや外の看板に『冒険者用入り口』って書いてあったっけ）

リーヴェとしたことが、看板の意味をよく理解せずに入ってしまった。

中に入ってからでも目的の場所に行けると思っていたが、そもそも入り口が分けられていたとは……

リーヴェは早とちりしてしまったことを反省する。

ここは冒険者が依頼を受ける場所で、依頼者の受付とはつながっていないらしい。

リーヴェは一度外へ出て、改めて受付嬢に教えられた依頼者専用の入り口へ行く。そこは先ほどと違って空《す》いていて、筋肉もいなかった。

リーヴェはなんとなくホッとし、受付で依頼の申請をする。

「えっと、『ロサウィオラ』という花を探してほしいんですが……？」

「『ロサウィオラの花』ですね。いくつほどご希望ですか？」

「いえ、探してくれるだけでいいです。自分で採りに行きますので」

「ご自分で!?　それはやめておいたほうがよろしいかと……」

受付嬢が言うには、『ロサウィオラの花』は森の奥深くに咲いていて、素人が行くのは非常に危険らしかった。

しかし、リーヴェは自分で行かなければならない理由があった。

リーヴェが求めているもの——それは『ロサウィオラの花』から取れる『花粉』で、これをランクSの回復薬《ポーション》を作る素材に使いたかった。

ならば冒険者に採取してきてもらえば充分かと思うが、話はそう簡単ではない。

花粉に含まれる『身命の再生因子《エフェメラル・ニュトリシオン》』という成分がリーヴェの目当てなのだが、これは採取した瞬間からどんどん崩壊してしまう、非常に脆《もろ》い物質でできているのだ。

その崩壊のあまりの早さから、この成分は世に知られていなかった。

根っこごと花を持ってきても、恐らくリーヴェの手元に来る頃には物質は消えているだろう。そのため、リーヴェ自ら出向いて、採取したその場でアイテムボックスに保存するしか手はない。

アイテムボックスの中は時間が止まっているので、『身命の再生因子《エフェメラル・ニュトリシオン》』の崩壊を食い止めることができるのだ。

「あの……では『ロサウィオラの花』を採取するときは私も同行させてください。発見したらご連絡いただけると助かります」

森に行くのがどんなに危険でも、花の性質上、どうしてもリーヴェ自身がその場で採取しなければならない。

自分の能力や銀髪を知られたくないため、できれば一人でこっそり行きたいところだが、それは諦めて同行させてもらうことにする。

「……分かりました。採取についていくのはあまりお勧めできませんが、とりあえず依頼を出しておきますので、受諾され次第お知らせいたしますね」

連絡は文書で来るとのこと。

緊急の場合は魔法を利用した連絡手段があるらしいが、そこまでの必要はないので、リーヴェは通常通り文書が届くのを待つことにした。

(何かあったときのため、無線通信機とか作ろうかしら？　ほかに飛んでる電波もないし、出力を高くすれば中継局もいらないわよね)

大勢の人間が使うのならともかく、自分が使うだけの通信機なら問題なく作れそうだ。

ただ、今のところ通信機を使う理由も相手もなく、この世界においてはオーバーテクノロジーにもなるので保留にする。

「ではよろしくお願いいたします」

受付嬢に挨拶をして、リーヴェは冒険者ギルドをあとにした。

四．悪徳商人アトレチオ

ここまで来たついでに、せっかくだからとリーヴェは街中《まちなか》をぶらついてみた。

さすが王都の中心街だけあって、リーヴェの住んでいるところより人の数が段違いに多い。

この世界に来たときは獣人やエルフ、ドワーフなどに驚いたリーヴェだったが、今やすっかり見慣れた存在になっていた。

店先で売られている甘いお菓子なども買って、食べながら雑踏の散歩を楽しむ。

（でもこの世界のお菓子は、あんまり甘くないのよねえ）

糖分控えめなのは年頃の女子として嬉しくもあるのだが、やはりガツンと甘みのあるものを楽しみたいところ。また、この世界のアイスクリームなどは結構硬いので、ふんわりした舌触りも恋しくなってくる。

（アイスクリーム製造機を作りたいわね。『魔導器創造』スキルが魔導具と判定してくれれば簡単に作れるんだけど……判定してくれるかしら？）

そんなことを考えていると、前方から怒鳴り声が聞こえてきた。

見ると、作業服みたいなものを着た五人の男たちと、きらびやかな服を着た金持ちそうな男が言い争いをしている。

「アトレチオさん、あの時計はなんだ⁉」

「アレはオレたちが作ったものだぞ！　アンタ盗んだだろ！」

「今すぐ返してくれ！」

（アトレチオって……確かあのベラニカって女が働いている魔導具店のオーナーよね？）

ふと揉めている場所を確認してみると、見たことないような大きな店の前だった。

店名は、『アトレチオ総合魔導具店』——つまり、五人の男たちの前に立つ男が、恐らくその店主のアトレチオだろう。

年齢は五十歳くらい。茶色の頭髪はすでに薄くなり始め、小柄な体は腹部がみっともなく出ている。

体中にはジャラジャラと貴金属も着け、見るからに金満家といった様相だ。

そして背後には、警備員らしき大柄な男たちもずらりと控えていた。

テオとトラブルを起こしたベラニカ。そのベラニカの雇い主がこのアトレチオで、経営する魔導具店の評判もあまり良くなかったはず。

どうも聞き捨てならないと感じ、リーヴェはことの成り行きを見守ることにした。

「あの時計は間違いなくオレたちが作ったものだ。頼むから返してくれ」

「そんなことは知らんわい。アレはワシの魔導具店で製作したものじゃ。言いがかりをつけるのはやめてもらおう」

「ならあの時計を開けさせてくれ！　中の部品にはオレたちのサインが入っているんだ。確認させてくれればすぐに真実は分かる」

「バカを言うな！　大事な時計にそんなこと、できるわけなかろう。さあ、迷惑だから帰ってくれ」

アトレチオがそう言うと、店の警備員たちが前に飛び出し、作業服の男たちを無理矢理遠くへ引きずっていく。

警備員たちはこの手のトラブルに長《た》けているようで、作業服の男たちはまるで敵わない。

「ち、ちくしょうっ！　こんなこと絶対に許されないぞ、訴えてやるからな！」

作業服の男たちは手荒くぶん投げられ、地面に転がったまま抗議する。

だが警備員たちは意にも介さず、そのままアトレチオとともに店に入ってしまった。

「くそっ、くそーっ！」

ダンッダンッと拳で地面を叩きながら、作業服の男たちは唇を噛みしめている。

そこへリーヴェはゆっくりと近付いて声をかけた。

「あの……もしよろしければ、何があったか教えていただけませんか？」

しばしの間、憤《いきどお》りと悔しさで押し黙っていた男たちだったが、やがて落ちつくとおもむろに話し出した。

☆

「そんなことがあったんですね……」

作業服の男たちから経緯《いきさつ》を聞き、リーヴェはふむと口元に手を当てた。

彼らは『オルロージュ』という時計工房で働く時計師だった。

あのあとみんなで移動して、その時計工房で今、話を聞き終えたところだ。

オルロージュは注文を受けて依頼主の望み通りの時計を作るほかに、工房で製作した時計を自前の店で販売もしていた。

所属する時計職人はかなり多く、このユーディス王国王都でも一二を争う時計業者らしい。技術力も高く、オルロージュの時計を愛用する者も多いとのこと。

そしてこのユーディス王国では、年に一度時計のコンテストが開催されていた。

それは時計のデザインもさることながら、何よりも正確さが重視される。

優勝者には大きな栄誉を与えられるため、ユーディス中の優秀な時計師たちが参加するわけだが……

なんと、彼らオルロージュの時計師たちが精魂を込めて作った時計が、完成直後になくなってしまったのだ。

必死に探したが、どうしても工房内では見つからなかった。

想定外のハプニングのため、コンテストの運営本部になんとか延期できないかと相談しに行ったところ、その紛失した時計がアトレチオ総合魔導具店の製作品としてすでに登録されていたのである。

当然、時計は自分たちが作ったものだと訴えたが、その証拠が出せないため、運営側も聞き入れてはくれなかった。

時計内の部品に自分たちのサインを入れてあるので、それを見せることができれば証拠になるのだが、コンテスト用に調整してある時計を分解する許可が出なかった。

中の機構は秘密の技術でもある。部外者の意見で、そう簡単に開けるわけにはいかない。

もちろん、コンテストの延期も断られた。

それで仕方なくアトレチオ本人に抗議しに行ったわけだが、問答無用で門前払いされてしまった。

それがリーヴェが遭遇した、さっきの場面だった。

「心血を注いできた時計が完成して、つい浮かれて気を抜いちまったんだ。徹夜続きで疲れていたしな……」

時計師たちのリーダーであるジャンが、ため息をまじえつつ発言する。

もはや諦めているのか、その表情も声も疲れ果てていた。

「でも、本当にアトレチオが盗んだんですか？」

リーヴェは時計師たちが勘違いしていないか、一応尋ねてみる。

色々と聞いた限りでは、アトレチオの評判は本当に悪かった。

ユーディス王国一であるアトレチオの店は、流通上の影響力も段違いだ。その力を活かして商品を買い占め、不当に高値で販売したりするのだという。

張り合える店も存在しないため、ほかにもやりたい放題らしい。

そのことに苦い思いを抱いている王都民は多かった。

アフターサービスなども悪く、質の悪いものを売ったあと、客に被害が出ようとも絶対に補償などすることはない。

客に対してだけでなく、従業員も安い賃金でこき使い、気に入らないヤツは簡単にクビにする。

しかもアトレチオは身分の高い貴族にも顔が利くため、どんなに傲慢に振る舞おうと、誰も文句は言えなかった。

今回のことについても怪しいのは間違いないが、とはいえ、証拠もなしに疑うのはリーヴェも少々気が引けるところだ。

「……証拠はない。しかし、アレは間違いなくオレたちが作った時計だ。そして、アトレチオが怪しいと疑うだけの理由もある。三日ほど前、アイツの部下のベラニカって女がウチの工房に見学しに来たんだ！」

「ベラニカっ⁉」

リーヴェは思わずその名を叫ぶ。

ここでまたその名前を聞くことになろうとは……

「ああ、そいつが大量発注したいから、製作現場を見せてくれと言うんだ。時計の出来を確認したいってな。オレとしたことが、つい工房に入れちまって……」

「大量発注？　アトレチオ総合魔導具店で時計を買ってくれるってことですか？」

「ベラニカってヤツの言うことを信用するならな。アトレチオの魔導具店は今まで時計なんて扱ってなかったんだが、今後販売を考えているから、オレたちに取引相手にならないかと話を持ちかけてきたんだ。とりあえず話だけでも聞いてみようかと思ったのが間違いだった」

「なるほど……でも、取引相手の時計を盗むなんて大胆ですね。大きな魔導具店のくせに、そこまでするなんて……」

「自分で言うのもなんだが、オレたちの時計は秀逸だ。それを盗んでコンテストで優勝すれば、時計を扱う店としての評判も上がり、あちこちから大口の発注がもらえる。アイツは最初からオレたちと取引する気なんてなく、別の場所から仕入れた時計を売るつもりなんだ」

ジャンが言うには、今回作った時計は非常に出来が良く、念願のコンテスト優勝が叶えられるとみんな完成を喜んでいた。

それが一転して地獄の底にたたき落とされてしまった。

意気消沈するのも無理はないだろう。

「オレたちの十振動時計は、恐らく世界初のはず。精密機構の開発に加え、耐久性を確保するのに、どれほど時間と労力を費やしたか……」

(十振動が最新技術となると、時計に関しても地球の技術のほうがだいぶ進んでいるようね)

リーヴェはジャンの話からこの世界の時計レベルを理解する。

単純な振動数で言えば、地球では八十振動の時計が開発されている。またトゥールビヨンという、姿勢差を補正して精度を上げる非常に高度な技術もある。

異世界の時計は技術的なことも遅れているが、デザインもまだ洗練されておらず、昔ながらの懐中時計が主流のようだった。

ちなみに『振動』とは、機械式時計の心臓とも言えるテンプの振動のことを指している。

十振動は、一秒間に十回テンプが振り子のように振動する。

この世界では五、六振動が一般的であり、八振動なら上質な部類だった。

基本的には振動数が上がれば正確さも増すが、その分高い技術が必要とされる。十振動を完成させたジャンたちは優勝候補と言っていいだろう。

「皆さんの気持ちは分かるけど、まだ諦めるのは早いんじゃないですか？　もう一つ作れば……」

「コンテスト参加の締め切りは明日なんだよ」

「えっ、明日!?」

（なるほど、それじゃあ絶望しちゃうわね。よく知りもしないで悪いこと言っちゃったかな？）

リーヴェは部外者のくせに余計なことを言ってしまったと反省する。

そのお詫びというわけではないが、彼らに協力したい気持ちが湧いてきた。

ベラニカが関わっているなら自分も無関係とは思えないし、アトレチオという男も気になる。今後、自分が魔導具を作っていくなら避けては通れない相手だ。

実際ジャンの言う通り、時計を盗んだのはベラニカだった。

そして、実はテオが襲われたのもベラニカの仕業《しわざ》なのである。

テオに店をクビにされた逆恨みで、ベラニカはゴロツキを雇ってテオを痛めつけてやろうとしたのだが、シアンに邪魔されてしまった。

それで次の手段として、テオの店の悪評を広めたのだった。


「あの……もしよかったら、私が時計を作りましょうか？」

リーヴェが代わりに時計を作ることを申し出る。

なお、この世界の時間は地球と同じで、一年＝三百六十五日、一日＝二十四時間、一時間＝六十分、一分＝六十秒となっている。

よって、時計製作において感覚的に戸惑うようなことはなかった。

地球の公転・自転に合わせた時間基準というのもおかしな話だが、実は『異世界』は『並行世界《パラレルワールド》』なのではないかという説の後押しになるとも言える。

「君が時計を⁉　バカを言うな、素人に作れるものじゃない！　それに締め切りは明日だぞ⁉」

「私は少し『魔導錬金術』が使えます。それで作れるかもしれません」

「ま……『魔導錬金術』だって⁉　伝説のスキルじゃないか！　そんなものあるわけ……」

「私はテオさんのお店でポーション作りをお手伝いしてます」

「テオの？　すると、最近評判になってるポーションは君が作ったのか？」

「はい。ですので、任せていただければと……」

「しかしだな、時計はポーションとは違……」

とジャンが言ったところで、リーヴェは帽子を取った。

隠されていた銀髪があらわになり、それを見た時計師たちは目を見開く。

「ぎ、銀髪だ……」

「白銀のように完璧な銀色……君は伝説の『白銀の魔女《シルバーウィッチ》』なのか⁉」

帽子を取ったとたん、みんなの視線がリーヴェの銀髪に集中した。

そして、やはり『白銀の魔女《シルバーウィッチ》』の名前が出る。

「いえ、違います。でも不思議な魔導具は作れます。どうでしょう、私を信用していただけませんか？」

「……本来はオレたち自身でカタをつけたかったが、この状況では何もできそうにない。だがアイツらを……アトレチオたちを許すことはできない。君に全てを任せる、オレたちに力を貸してくれ」

「ありがとうございます！　では明日、時計を作ってここに持ってきますね！　あ、スミマセン、見本として時計をいくつか預からせていただきます」

「ああ、好きなヤツを持っていってくれ。成功を祈ってるよ」

リーヴェは必要なものを選び取ると、予定を切り上げてそのまま家へと戻っていった。

一日でコンテスト用の精巧な時計を作る。それは到底不可能なことに思えたが、時計師たちは何故かあの少女ならできそうな気がしていた。

世界を滅ぼしかけたという、伝説の『白銀の魔女《シルバーウィッチ》』かもしれないのに……

五．リーヴェの時計

「ほ……本当に一日で時計を作っちまったのか……！」

翌日、時計を持って工房に現れたリーヴェを見て、ジャンたちは驚きの声を上げた。

そもそも形になっているかどうかを心配していたくらいだったが、リーヴェの時計はプロの時計師たちから見ても洗練されたデザインで、文字盤や針どころか、ケースや竜頭《りゅうず》までも非常に精緻な作りになっていた。

たった一日でどうすればこれほどのものが作れるのか、ジャンたちは心底驚嘆する。

ちなみに、これは『魔導器創造』スキルがただ魔導具を作るだけではなく、アイテム完成時に意匠を凝らした造形にすることができるからだった。

この見た目の完成度だけでも驚きだが、何よりも考えられないくらい時計が小さかった。

時計は複雑な機械を内蔵するため、小型化するのには非常に高い技術が必要となる。

リーヴェの時計は通常のものより二回り以上小さい。こんなのは世界の誰も持っていない技術だ。

そして、異常なほど軽い。いくら外見が小さいとはいえ、中には機械がぎっしり詰まっている以上、それなりの重さにはなるはず。

ところが、中身がスカスカと思われるほど軽いのだ。

「……でも、ちゃんと動いてるぞ」

一瞬、見た目だけ頑張って作って、実際には動かないガラクタではないかと心配したが、しっかり時計として動いていた。

ただその針は、あまり見たことのない動きをしていたが。

「この秒針、なんでカチッカチッとゆっくり動いてるんだ？」

「一秒間に一回動いてるみたいだが……これじゃまるで一振動だ。こんなので精度が出るのか？」

見た目は文句のつけようがない時計だが、秒針の変な動きを見てジャンたちは不安になる。

機械式ならチチチチチチ……と細かい動きで針は移動していく。

これが秒速五回の動きなら五振動、十回なら十振動と言われるわけだが、リーヴェの時計は秒速一回の動きなのだ。

時計師の常識で言うなら、こんな時計は精度が悪いに決まっている。

コンテストはあくまでも正確さを競うものだ。いくら見た目が綺麗でも、これでは優勝は無理だろう。

だがそんなジャンたちの不安をよそに、リーヴェは元気いっぱいに勝利を宣言する。

「安心してください。絶対優勝できますよ。さあ、時計を提出しに行きましょう」

時計師たちはお互い顔を見合わせながら、コンテスト運営本部に向かった。

☆

コンテストの受付所に着くと意外に混んでいて、登録しに来た時計師たちで列が形成されていた。

恐らく、締め切り最終日まで調整していた時計師が多かったのだろう。リーヴェたちはその最後尾に並ぶ。

混んではいるが、締め切り時間に間に合わないということはなさそうだった。

のんびり並んでいると、ふと数人の集団が近寄ってきた。

「あら、そこにいるのはオルロージュ時計工房の皆さんじゃないの。いったいここに何しに来たのかしら？」

声をかけてきたのはベラニカだった。

後ろにはアトレチオと、その護衛が四人控えている。

「ア、アンタたち、来ていたのか!?」

「どんな時計が集まったのか、ちょっと視察にね。まあウチの時計に敵いそうなものは見当たらなかったけど」

「ウチの時計だとっ⁉　お、お前っ、よくもぬけぬけと……！」

思わずジャンが飛びかかりそうになるところを、仲間たちがなんとか押しとどめる。

そして、自分たちが時計を提出しに来たことを伝える。

「オレたちもコンテスト用の時計を持ってきたんだ。今日完成したばかりのものをな」

「コンテスト用の時計？　アハハハ、その場しのぎのものを作ったところで、どうにもならないでしょうに。もしかして記念参加のつもり？」

「いいえ、優勝するためにちゃんと一から作った、私特製の時計よ」

ベラニカの挑発に、思わず我慢のならなかったリーヴェが割り込んで発言した。

「なんじゃこの小娘は？」

意外な人物が突然口を挟んできたので、アトレチオは訝しげな顔をする。

リーヴェは銀髪を隠すためにフードを被っていたが、その顔を見たベラニカは、エリクサーの件で自分が恥をかかされた少女だと思い出した。

「アンタはテオのところにいた……アトレチオ様、コイツが件《くだん》の女です！」

「ぬっ、この生意気な小娘が⁉　こんなガキにワシの魔導具をコケにされようとは……！」

アトレチオは一応リーヴェとは初対面だが、そんなことなどお構いなしに憎悪《ぞうお》を放つ。

リーヴェには恨まれる覚えはなかったが、ふと先日のエリクサーのことが思い当たった。

自分はただ怪我人を治療しただけだ。敵視される筋合いはないのだが……どうやら逆恨みされているらしい。

「ふん、まあよいわ。今は気分がいいから見逃してやる。じゃが、あまり目障《めざわ》りなことをしておると、この王都に住めなくしてやるからな」

「アトレチオ様の慈悲に感謝するのね。せいぜい健闘を祈るわ」

そう捨て台詞《ぜりふ》を吐いて、アトレチオとベラニカたちは去っていった。

ジャンたちは悔しさのあまり、血が滲みそうなほど唇を噛んでいる。

「くそっ、くそっ、ちくしょーっ、あんなヤツらに絶対優勝なんかさせたくない！　誰でもいい、アイツらの時計に勝ってくれ！」

「ジャンさん、大丈夫です。ああいうヤツらにはきっとバチが当たりますから」

「……リーヴェ、ありがとう。こんなオレたちに力を貸してくれて感謝している。たとえ優勝できなくても、君の時計は素晴らしい。あの時計……」

「私の時計は絶対優勝できますよ。信じてください」

リーヴェの確固たる自信を前に、ジャンとほかの時計師たちは言葉を失った。

勝手に負けると思ってしまったが、まだ勝負は始まってもいない。

リーヴェをちゃんと信じよう。ジャンたちはそう決意する。

その後、無事時計を登録し、コンテストが始まったのだった。

期間は一週間。毎日ゼンマイを巻き続け、一週間後に一番誤差の少なかった時計が優勝となる。

そして一週間が経ち、優勝したのは……

☆

「優勝は……オルロージュ工房の時計です！」

「やったぞーっ！」

自分たちの優勝を知り、ジャンたちは歓喜の声を上げた。

なお、一つ前に発表された二位は、ジャンたちの作った十振動の時計だ。

つまり、リーヴェの時計がなければジャンたちが優勝だった。そのこともジャンたちを喜ばせた。

精魂込めて作った自分たちの時計も、充分に素晴らしい出来だったのだ。何より、憎きアトレチオたちに一泡吹かせることができたのが嬉しい。

ふとアトレチオを見ると、顔を真っ赤にして悔しがっている。

逆にベラニカの顔は、血の気が引いたように真っ青だ。自分がしくじったと思っているのかもしれない。

「どういうわけじゃベラニカ!?　絶対優勝できるはずではなかったのか!?」

「は、はい、手はずは完璧でした。ひょっとしたら何かの陰謀かもしれません」

アトレチオの怒りの言葉に対し、ベラニカは額の汗をぬぐいながら適当な弁解をする。

「オルロージュ工房の時計は、なんとゼンマイを巻かなくても動き続けました。精度も過去最高に高く、誤差はほぼない状態です。まったく新しい新時代の時計と言えるでしょう」

動揺しているアトレチオたちをよそに、リーヴェの時計への称賛が続く。

まったく新しい時計――そう、リーヴェが作ったのは、実はクオーツ式の時計だった。

水晶振動子とボタン電池を利用した、高精度な時計。

水晶は電気を流すと一秒間に数万回振動するため、十振動の機械式時計なんて比較対象にもならない。

もちろん、『魔導器創造』スキルで製作した。この世界にない技術として、スキルが魔導具認定してくれたのだ。

ちなみに、この異世界の標準時刻は、大陸中央にある巨大国家――『ウインガリア帝国』に存在する『世界時計』が基準となっている。

これは数千年前から存在する神器らしく、魔力を動力源とした巨大な魔導時計とのこと。

そもそも『時計』という概念の発祥がこの『世界時計』なのだ。

この世界は、地球のような球体ではなく平面なので時差がない。そのため、各国の時間は全て『世界時計』に合わせてある。

そしてこの『世界時計』の構造はよく分からず、これ以外に魔導時計は存在しない。

機械式の時計で充分問題がなかったため、魔導時計の研究はあまりされていなかったのだ。

だが、リーヴェの作ったクオーツ時計が、この『世界時計』と並ぶ精度を達成してしまった。

通常の機械式時計が一週間で数十秒の誤差が出るのに対し、リーヴェの時計の誤差は一秒にも満たない。この世界の住人にとっては、まさに奇跡の精度だ。

リーヴェたちが喜びをあらわにしていると、アトレチオとベラニカがズカズカと前に進み出てきた。

何事かとみんなが注目していると、二位となった自分たちの時計――ジャンたちが作った時計を、突然分解し始めた。

「ワシの時計が負けるなどおかしい！　このコンテストはイカサマじゃ！　ワシの時計に何か細工をしたに違いない！」

アトレチオは手荒く裏蓋を外し、中の機械をむき出しにする。そして目を近付けて、色々と角度を傾けて観察し、不正の証拠を執拗に探そうとした。

しかし、そんな証拠などもちろんない。

リーヴェの時計は実力で優勝したのだから。

それを唖然としながら見ていたジャンが、ふと我に返って駆け寄り、アトレチオが持っていた時計を取り上げる。

「これを見てくれ！　この部品に入っているサインが、オレたちの時計である証拠だ！」

ジャンは結果発表の進行をしていた司会者に時計を突きつけ、サインを確認させた。

「……なるほど。小さいですが、よく見るとオルロージュ工房のサインが入ってますね」

「ああ、だからこの時計はオレたちが作ったんだ」

「何を言うかっ、それはこのワシの……」

「アトレチオさん、ではこの時計を完全に分解しますが、あなたのところでもう一度組み立てられますか？」

「なっ、そ、それは……」

司会者がアトレチオに対して質問を投げかける。

ジャンたちの時計は、この世界では最新の十振動だ。そこらの時計師では、そう簡単には組み立てられない。

それを知っているアトレチオは、何も言えなくて言葉に詰まる。

「どうやら真実が分かりましたね。アトレチオさん、あなたは時計コンテストから永久追放とさせていただきます」

アトレチオ自身の愚行によって、その違反行為が明るみに出た。

まさに自業自得。そしてコンテストからも追放となれば、店の評判は地に落ちるだろう。

アトレチオが今後時計を扱おうとしても、売りさばくのは至難の業と言える。そのことをアトレチオも悟り、怒りで真っ赤だった顔が蒼白になった。

時計はすでに大量に仕入れてある。これが売れないとなると、果たしてどれほどの損害が出ることか……

それもこれも、あのリーヴェという小娘が作った時計のせいだ。

「ぐぎぎぎ………おい、帰るぞ！」

アトレチオは砕けそうなほど歯を噛みしめながら、やっとの思いで声を出し、ベラニカたちとともに会場を去っていった。

「くぅ～っ、なんて気持ちいいんだ。これほど見事に仕返しができるなんて思ってもいなかったぜ。これもみんなリーヴェのおかげだ、ありがとう」

「いえ、どういたしまして」

今回の一連のことを見て、リーヴェはベラニカたちをやはり危険なヤツらだと再認識した。

彼らの動向には絶対に注意しよう、と気を引き締めるのだった。


その後、ジャンたちは窃盗罪での告訴も検討したらしいが、アトレチオたちが盗んだという証拠がないため、それは断念した。

知らないヤツから買ったとでも言われたらそれまでだ。

そこまでは問題ないとしても、自分たちでは作っていない時計でコンテストに参加するのはルール違反だ。

コンテストの権威を汚した罪は大きい。

ということで、ヤツらが時計業界から追放されただけでジャンたちは充分満足らしい。

それに、アトレチオはコンテスト優勝を見込んで大陸中から時計を取り寄せていたが、それがまるで売れずに大損害が出たとのこと。

これでもうジャンたちに不満はなかった。

そして、リーヴェの時計で優勝したジャンたちオルロージュ工房だが、クオーツ時計は時計産業を破壊するかもしれないので売るわけにはいかない。

実際地球では『クオーツショック』という、スイス時計業界が大打撃を受ける事態があった。そのため、クオーツ時計は封印して、代わりに別の時計をリーヴェが教えてあげることになった。

日付を表示する『デイト表示』やゼンマイの残りを知らせる『パワーリザーブ』、ローターを利用した『自動巻き』に、ストップウオッチ機能の『クロノグラフ』など、この世界にはないアイデアを実現した。

リーヴェの能力ではこの世界にある通常の機械式時計を作ることはできないが、オリジナルの技術を付加すれば、それは『魔導具』として判定され『魔導器創造』スキルで製作可能となる。

本当にずるい……いや、便利なスキルだ。

もちろん、知識や理論をしっかり備えているリーヴェだからこそ、フル活用できているわけだが。

さらに、小型化によって『腕時計』が実現できたので、よりカジュアルに持ち歩くことも可能になった。

リーヴェの数々の発想にジャンたちは舌を巻いたが、全て地球でのアイデアを再利用しただけなので、リーヴェはどことなく申し訳ない気持ちになる。

オルロージュ工房のことを少し贔屓《ひいき》しすぎかなとも思うが、ジャンたちの実力は確かなものだ。

これを機に技術革新が起きれば、それはこの世界にとってもプラスになる。

ちなみに、これらの時計はリーヴェが作るのではなく、製法を教えられたジャンたちが自分で作って販売する。技術的にも量産が難しいので、市場からこの世界の時計を駆逐するようなことにはならないはず。

そして、いずれはほかの時計工房でも作られるようになるだろう。

そうなれば、地球の機械式時計と同じように、互いに技術を磨いてシェアを競うようになる。

リーヴェはそういう未来を願って技術を提供したのだ。

(今後、どんな時計が出てくるか楽しみね)

研究机の傍らに置いてある、この世界唯一のクオーツ時計を眺めながら、リーヴェは今日も研究に勤《いそ》しむのだった。

六．怒りのアトレチオ

「えっ、街で騒動が起こってる？」

時計事件からしばらく経ったある日。

リーヴェがテオの店にポーションの納品をしに訪れると、テオから不穏な情報を聞かされた。

「はい、どうやらある品物が買えなくて、ちょっとしたパニックになっているらしいです」

テオが言うには、一部の『魔法書巻《マジックスクロール》』が品薄のため高騰しているらしい。

『魔法書巻《マジックスクロール》』とは魔法が封じられている巻物で、これを広げることで誰でも魔法が使える魔導具だ。

用途に応じた様々な『魔法書巻《マジックスクロール》』があり、例えば強力な攻撃魔法が封じられているものだったら、巻物を広げれば誰でもその魔法を発現させることができる。

ただし、一度使えば『魔法書巻《マジックスクロール》』は消えてしまう。

高騰しているのは生活魔法の『点火《イグニション》』だ。

『点火《イグニション》』というのは弱火を出せる魔法であり、この世界の人々は、日々の生活で火が必要なときはこれを使う。

テオがポーション製作のときに使っているところを見ているので、リーヴェも知っていた。

この便利な魔法の『魔法書巻《マジックスクロール》』が、どうにも品薄になっているらしい。

「なるほど……でもそれなら『魔法書巻《マジックスクロール》』に頼らず、生活魔法をそのまま使えばいいんじゃないですか？」

「いえ、確かに生活魔法を使える人はそれなりにいますが、割合としては使えない人のほうが圧倒的に多いんですよ」

「えっ、そうなんですか!?」

「リーヴェさんはとても理知的なのに、そのあたりの常識をあまりご存じないのが不思議です」

自分の知識に疑問を持たれ、リーヴェは一瞬、んぐっと言葉に詰まる。

ただでさえリーヴェの能力は特殊で目立つのだ。常識知らずなところを見せすぎると、正体を怪しまれてしまう。

テオにならら、実は別の世界《地球》から来たことを知られても大丈夫かもしれないが、情報はどこから漏れるか分からない。

可能な限り、素性は隠しておくべきだろう。

動揺したことを悟られないよう、リーヴェは冷静さを保ちながら説明の続きを聞く。

『魔法書巻《マジックスクロール》』は封じられている魔法によって価格が違うが、簡単な魔法である『点火《イグニション》』はかなり安く、一巻《ひとまき》二十G《ゴールド》ほどらしい。

日常で頻繁に使うものなので大量生産もされていて、みんな気軽に買っていた。

それが現在、あちこちで不足している。生活魔法を使えない人にとって、『点火《イグニション》』の『魔法書巻《マジックスクロール》』が買えないのは大打撃だ。

この異世界にも『新聞』に該当するものがあり、それに書いてあったとのこと。

「この近辺ではまだ在庫は残っているみたいですが、それもすぐに尽きてしまうでしょう。このままでは、王都中で『点火《イグニション》』の巻物が消えてしまうかもしれません」

ここまで話を聞いて、リーヴェはなんとなく嫌な予感がした。

まさか、原因はアイツらなのでは……？

特に証拠も何もないのだが、女の勘とでも言おうか、確信に近い心当たりがあった。

「私、ちょっと街を見てきます」

テオの店を出て、リーヴェは街へと向かった。

☆

リーヴェが街の中心にある大通りを歩いていくと、目の前に人集《ひとだか》りができているのを見つける。

それは王都最大の魔導具店――あのアトレチオの店の前だった。

リーヴェが最初から怪しんでいた通り、今王都で起こっている騒動の原因はここなのだろう。

集まった人々は、魔導具店に向かって口々に何かを叫んでいる。

その群衆たちの正面には、アトレチオの姿も見える。

リーヴェは気を引き締めて騒ぎのもとへと近付いていく。

「アトレチオさん、いくらなんでもこの値段はないだろう⁉　頼むからもっと下げてくれ」

「王都の外から入ってくる品まで買い占めるなんで酷いじゃないか！」

「『点火《イグニション》』が買えなくて、私たち本当に困っているのよ」

「商売だからって、こんなこと許されないぞ！　商人ギルドに訴えてやる！」

「好きにするがいい。ワシは何も悪いことなどしてないのだからのう」

大勢に詰め寄られていることなどものともせず、アトレチオは涼しい顔をしながら怒声をやり過ごしている。

いまの会話を聞いた限りでは、やはりアトレチオが『点火《イグニション》』の『魔法書巻《マジックスクロール》』を買い占めているということなんだろう。

それも、外から入ってくるものまで全部独り占めしているようだ。

（なるほど、それで品薄状態にして値をつり上げてるってことか）

高騰しているという話なので、いったいどれほどの値段で売っているのかそっと店を覗いてみると……

（ちょっ……一つ二千Ｇ《ゴールド》っ⁉　高すぎっ‼）

『点火《イグニション》』の巻物は通常一巻二十Ｇ《ゴールド》ほどで売買されているのだが、アトレチオの店ではその百倍の二千Ｇ《ゴールド》で売られていた。

これまでにもアトレチオが商品を買い占めて高値でふっかけることはあったが、こんな生活必需品を高額転売するのは初めての事態だった。

家族や周りに生活魔法が使える人がいない場合、『点火《イグニション》』の『魔法書巻《マジックスクロール》』が着火をするときの頼みの綱だ。それがこの値段になってしまっては、日々の生活においてかなり不便になるだろう。

実際このせいで、生活魔法を使える人に着火を頼むことが多くなったが、何か火を使う度に呼ぶわけにはいかない。

魔法があるこの世界では、摩擦熱や火打石を利用した発火法なども確立されてなかった。

一時しのぎとして、一度火を使ったら種火を残しておく手もあるが、いつまでもそんなことはしていられない。

そもそも種火を残しておくのも簡単ではない。

困り果てた人々はアトレチオに抗議しにきたのだが、まるで馬の耳に念仏で、ラチがあかない状態だ。

「頼む、せめて十分の一の二百Ｇ《ゴールド》まで値段を下げてくれ」

「ガハハハッだめじゃな。嫌なら買うな、貧乏人どもめ！」

アトレチオがこんな強引な手段に出ている理由――それは、時計のことで被《こうむ》った損失を、嫌がらせを兼ねて回収するためだ。

普段はさすがにここまでのことはしないのだが、王都民に自分の力を思い知らせるため、『点火《イグニション》』の在庫という在庫を買いまくった。

ワシを怒らせたお前たちが悪い……そうアトレチオは逆ギレしているわけだ。

そこまでだいたいの当たりをつけて、リーヴェはここに来るまでに考えていたことを実行する。


「あの……皆さん、私にちょっと考えがありますので、こちらに来ていただけませんか？」

アトレチオに見つからないよう、頭に血が上っている群衆にやさしく声をかける。

少し待って落ちつかせたあと、リーヴェの案内で人々を別の場所に移動させた。

アトレチオの店が見えなくなったところで、リーヴェは説明を始める。

「『点火《イグニション》』の『魔法書巻《マジックスクロール》』が手に入らないということですが、では代わりにコレを使ってはどうでしょうか？」

そう言って、リーヴェはマッチを取り出して群衆に見せた。

「なんだそれは？　そんなものが代わりになるのか？」

「お嬢ちゃん、大人をからかうと怒るぞ」

まだ興奮の収まらない人々は少し短気になっているようで、リーヴェの説明をあまり聞く気もなくこの場を去ろうとする者までいる。

そこでリーヴェは、大勢の目の前でマッチを擦って火をつけた。

すると、興味を失いかけていた人々の目が釘付けになる。

「な……なんだ!?　いきなり火が出たぞ！　魔力が発動した気配なんてなかったのに!?」

この世界の人々でも、魔法を使わなくても火が出ることは知っていた。

木材から自然に火が出ることもあるし、砕くと熱を発する鉱石もある。

しかし、これらは簡単に利用できる火ではなかった。

だがいまリーヴェは、魔法を使わずいとも簡単に火をつけて見せた。

その奇跡に、群衆たちは我が目を疑う。

「これは私が開発した魔導具です。よろしければ皆さんにお売りしようと思っているのですが、どうでしょう？」

リーヴェの考えた策はこれだった。

『点火《イグニション》』の巻物が足りないのなら、困っている人には別のもので代用してもらえばいい――そう考え、ここに来るまでにマッチを作っていた。

とはいえ、他人《アトレチオ》の店の前で商売するわけにはいかないので、集団をここまで移動させたのだ。

「いや、それはありがたいが、でも高いんだろ？　いくら便利でも、値段が……」

「一箱五十本入りで百Ｇ《ゴールド》です」

「ご……五十本で百Ｇ《ゴールド》!?　ってことは、一本二Ｇ《ゴールド》ってことか!?」

「ウソだろ⁉　そんな安くていいのか⁉」

「はい。あ、でも、ちょっと在庫が百箱しかなくて……」

マッチはさっき急ごしらえしたものなので、この場にいる人数には全然足りなかった。

ここでまた取り合いになってしまっては元も子もない。

「えっと、明日の夕方までにたくさん作って商人ギルドにまとめて卸《おろ》しますので、今日の分は皆さんで分けて使ってください。絶対にケンカしないでくださいね」

リーヴェの言葉を聞いて、群衆はお互い顔を見合わせて頷く。

どうやらリーヴェの意図は伝わったようだ。

とりあえず、手元にあるマッチを全て売りさばいたあと、リーヴェは必要な素材を片っ端から街で買い集めていく。

（よし、マッチの素材はこれで充分！　たっぷり作って王都中に配らないとね。アイツらをとっちめてやる！）

リーヴェはむふふと意地の悪い笑みを浮かべながら、自分の家に帰るのだった。

☆

ここはユーディス王国王都の中心近くにある、主に裕福な貴族たちが集まる住宅街。

その中でもひときわ大きな豪邸にて、甲高い耳障りな声が響き渡る。

「どういうわけじゃベラニカ⁉　街のヤツらが一向に根をあげんぞ⁉」

アトレチオがベラニカに向けて放った声だった。

それを、額の汗をぬぐいながら受けるベラニカ。

あれから十日経ち、アトレチオはその間もひたすら『点火《イグニション》』の巻物を買い占め続けていたが、王都に変わった様子はなかった。

それどころか、あれほど文句を言っていた群衆が、いつの間にか魔導具店に押し寄せなくなっていた。

自分の持つ権限を最大限に使って、王都の外から入ってくるものまで全部買い占めている。よって、どこからか手に入れているようなことは絶対ないはず。

なのに、何故王都民は何も騒がないのか⁉

アトレチオは不思議でたまらない。

だからベラニカを屋敷まで呼び出して、詳細を問いただすことにしたのだ。

「アトレチオ様、実は『魔法書巻《マジックスクロール》』に代わるものが出回っているようでして……」

「なんじゃと⁉　いったいそれはなんだ⁉」

ベラニカから思いもよらないことを聞いてアトレチオは驚く。

『魔法書巻《マジックスクロール》』に代わるものなんてあるのか？

そんなものがあるなら、それも自分が買い占めてやる！

そうアトレチオは闘志を燃やすが……

「どうやら新しい魔導具らしいのですが、ワタシたちには売ってもらえないのです」

「なにっ!?　ぐぬぬ、このワシを馬鹿にする気か……！　よし、商人ギルドへいくぞ！」

「はっ」

アトレチオはベラニカと護衛数人を連れて、商人ギルドの本部に向かった。


「おいデューク、いま街で新しい魔導具が出回っておると聞いたが、それはなんじゃ!?」

アトレチオは商人ギルド本部に入るなり、中にいたギルド長のデュークを怒鳴りつけた。

立場としては本来商人ギルド長のほうが上なのだが、王国一の魔導具店でもあり、貴族との親交も深かったアトレチオには、デュークといえども頭が上がらなかった。

ただし、王都の商業を取り仕切るギルドとしては、アトレチオのわがままをそう簡単に許すわけにはいかない。


怒りの剣幕に押されず、デュークは毅然とした態度で答える。

「『マッチ』という、手軽に火が出せるものですよ。お値段も大変お買い得でして、王都民は皆これを買っております。誰かさんが『点火《イグニション》』を買い占めてしまったのでね」

デュークは嫌みたっぷりにそう告げる。

『点火《イグニション》』の『魔法書巻《マジックスクロール》』を強引に買い占められて、商人ギルドとしても大変苦い思いをしていた。

そこに、リーヴェが手を差し伸べた。大量のマッチを持ってきてくれたのだ。

リーヴェの条件はただ一つ。絶対にアトレチオたちには売らないこと。

それは商人ギルドとしても願ってもない条件で、デュークは二つ返事でＯＫした。

アトレチオの行いは目に余るものがあったので、なんとか痛い目に遭わせてやりたいと思っていたところだからだ。

そしてアトレチオ以外の店にマッチを卸《おろ》し、『点火《イグニション》』不足は一気に解消された。

そんなことなど知らないアトレチオは、せっせと買い占めに精を出していたわけである。

『点火《イグニション》』の『魔法書巻《マジックスクロール》』は生活の必需品だ。よって売れ残りの心配など一切気にせずに、アトレチオは買って買って買いまくった。

頃合いを見て少し値段を下げてやれば、一気に売れるだろう。

それで大儲けだ。

そんな皮算用をしていたわけだが……

「リーヴェさんが発明したこの『マッチ』は画期的ですよ。今後はもう『点火《イグニション》』の『魔法書巻《マジックスクロール》』は必要なくなるでしょう」

「な、な、なんじゃとおおおおっ!?」

超大量の在庫を抱えているアトレチオから悲鳴が上がる。

王都で売れないとするとほかの場所で売るしかなくなるが、その場合、輸送費や人件費などが莫大にかかる。

しかも、品薄でないのなら『点火《イグニション》』の値をつり上げるわけにもいかないので、たとえ全て売りさばいても赤字はまぬがれない。

時計に続いて、また大変な損害が出ることになるだろう。

ちなみに、マッチのせいで巻物《スクロール》職人が困ることはない。

『点火《イグニション》』の需要はなくなるだろうが、ほかにも『魔法書巻《マジックスクロール》』の種類はたくさんあるからだ。

損をしたのはアトレチオ一人だけ。

「申し訳ないが、アトレチオさんには売ることができない契約でね。まあアンタは『点火《イグニション》』を山ほど持っているから、着火に困ることはないだろう。さあ、とっとと出ていってくれ」

デュークに言われ、アトレチオは呆然とした表情でギルドを出た。

ここ最近でいったいどれほどの損害が出たのか、考えるのも嫌になるほどだ。

そしてその原因は全てリーヴェだった。

「ぐぬううう、お、お、おのれあの小娘めえええええ～っ！　このワシを怒らせるとどうなるか、思い知らせてやるっ！」

リーヴェへの激しい怒りでアトレチオの体は震え、頭部に血を上らせすぎて鼻血まで出してしまう。

それを手で無造作にぬぐいながら、自分の屋敷へと帰るのだった。

第三章　異世界最強になる

一．いざ冒険へ

「今日も朝食が美味い！」

リーヴェはスライスした肉を左手のフォークで口に運び、じっくり咀嚼《そしゃく》しながら旨味を味わう。

今回作ったのはローストビーフだ。

厳密に言うと牛とはほんのちょっと違うのだが、自動翻訳でも『牛』となっているので、まあ『ビーフ』でいいだろう。

ほかのものについても、基本的には地球において該当するものの名称で翻訳されている。

この肉を低温調理器でじっくり調理したので、半生の部分たっぷりのローストビーフが出来上がった。

ソースは赤ワイン、魚醤《ぎょしょう》、岩塩で作ったが、正直ソースの出来はイマイチだ。しかし、ローストビーフ自体が美味しかったのでリーヴェは大満足だった。

味もほぼ牛肉と同じで、なんなら岩塩だけで食べても美味しいだろう。

（異世界の食材が口に合うものばかりで良かったわ。もしも昆虫が主食とかだったりしたら、とても生きていける気がしないもの）

ちなみに、異世界では発酵食品の技術が遅れているので、穀物で作った醤油や味噌などはない。

それどころか、塩や胡椒も希少だ。砂糖などはかなり高級品の部類である。

今回リーヴェは魚醤で代用したが、あとで調味料も開発したいと思うのであった。

「よし、今日はちょっと頑張るわよ！」

声に出して気合いを入れる。

実は今日、リーヴェは『冒険者』という仕事に挑戦するつもりだ。

三日前のことだが、冒険者ギルドから『ロサウィオラの花』が見つかったとの連絡を受けた。

これはランクS回復薬《ポーション》を作るための素材として探していたもので、先日リーヴェが依頼を出していた。

花粉に含まれる『身命の再生因子《エフェメラル・ニュトリシオン》』という成分が目当てなのだが、非常に脆い物質なため、冒険者に採ってきてもらうのではなく、リーヴェ自身がその場で採取しないといけない。よって、花を発見した冒険者たちと一緒に、今日その場所に行くことになっている。

危険なことはもちろん承知なので、リーヴェは一昨日から二日間かけてしっかりと探険の準備をした。

この日のために試しに作った魔導具もあって、それを使ってみるいい機会でもある。

まあ何はともあれ、無事に帰ってくることが一番重要だ。

リーヴェは身支度を整えると、街へ向かって出発した。

冒険者ギルドに入ると、『ロサウィオラの花』を発見したという冒険者たちはすでに集合していた。

「あ、皆さん遅れてごめんなさい、今日ご一緒させていただくリーヴェ・シェルムです」

一応約束の時間よりは早く着いたリーヴェだったが、到着したのが最後になってしまったため、頭を下げて謝罪をした。

それを見た冒険者たちは、特に気にしたそぶりもなく挨拶を返す。

「話は聞いている。オレはゲイナー、今回案内役をさせてもらうこのチームのリーダーだ。よろしく頼むぜ！」

「あ、ああ、はい、よろしくお願いします……」

そう言って、ゲイナーが力強く差し出してきた右手を、リーヴェは恐る恐る握る。

こういうときの男のノリというのがよく分からなくて、対応に少々戸惑うのだ。

地球にいた頃、リーヴェの周りにいたのは草食系の理系男子ばかりだったので、あまり積極的な付き合いもなかった。

当然、彼氏もいたことなどない。

（やっぱり冒険者っていうのは体育会系のノリね。オスって感じがするわ）

チームの人数は四人。全員男だ。体も大きく、見た目もそれなりに怖い。

ちなみに、冒険者にはランクというものが決められていて、活躍によって昇降級する。個人のランクとチームとしてのランクがあり、『S』を最上位として下は『F』まであるようだ。

実力の目安としては、
・Fランク　レベル　10未満
・Eランク　レベル　10～19
・Dランク　レベル　20～39
・Cランク　レベル　40～59
・Bランク　レベル　60～79
・Aランク　レベル　80～99
・Sランク　レベル　１００～
だいたいこんな感じらしい。

『EX《エクス》ランク』というものもあるみたいだが、それはSランクを超える、通常見かけることはまずない特別な存在とのこと。

ゲイナーのチームはBランクということで、実力としては上位である。

立派な剣を持っているのが二人。ゲイナーともう一人の男で、彼らが前衛を任されている戦士だろう。

ただ、ゲイナーは盾を持っておらず、もう一人は大きめの盾を持っている。

鎧《よろい》もゲイナーより重装備だ。恐らく守備を務めると思われる。

戦士にも色々タイプがあるらしい。

あとの二人は軽装備で、一人は弓を、もう一人は杖を持っている。

恐らく後衛で、杖を持っているのは魔法使いだろう。この世界では『魔導士』というらしいが。

魔導士の使う魔法が『属性魔法』というヤツで、これは生活魔法とは比較にならないほど威力が強大とのこと。

『火・水・土・風・光・闇・聖・無』という八属性があって、魔導士によって得意な属性があるらしい。

まず最初に何か一つの属性を覚えるわけで、この初級魔導士を『一属性使い《シングル》』と呼ぶ。

その後、経験を積んでいくと二つ目の属性を覚えることがあり、この中級魔導士は『二属性使い《ダブル》』と呼ばれるようになる。

なお、二つ目が習得可能になってもあえて覚えない選択もできるが、複数の属性が使えるのはやはり有利なので、大抵の魔導士は可能な限り覚えていく。

三つ目の属性を覚えたら上級魔導士となり『三属性使い《トリプル》』と呼ばれるが、ここまで来られるのはかなりの才能を持つ者だけ。

だいたいBランク以上の冒険者がこれに該当する。

『四属性使い《クアドラプル》』は特級魔導士で、Aランク冒険者がほとんど。

『五属性使い《クインタプル》』は大魔導士となるが、五属性が使えるのは世界でも数える程度しかいない天才で、全員Sランク冒険者だ。

六属性を使えるのは世界でただ一人、『偉大なる魔導士《グレートウィザード》』の称号を持つ最強の魔導士のみ。

過去にはただ一人七属性を使えた者がいたとのことで、それは『至高の賢者《マスターワイズマン》』として伝説になっている。

そして、全属性を使えた者は歴史上一人も存在しない。

基本的には多くの属性を使いこなせるほど上位の魔導士であると言っていいが、習得属性が少なくても、その属性自体が高レベルなら、その実力は多属性使いを凌駕《りょうが》したりすることもある。

八属性のうちどれを覚えるかは個人の資質によるが、変わった特徴があるのが『聖属性』だ。

それは、聖属性に加えて別の属性を覚えると、全体的に魔法力の伸びが悪くなるということ。

例えば、聖属性のあとに火属性を覚えると、どちらも中途半端な魔法力になってしまう。

覚える順番が逆でも同じだ。

そのため、聖属性が得意な者はあえてほかの属性を覚えようとせず、聖属性のみをひたすら伸ばしたほうが実力的には高くなる。

その手の者は『神官』や『司教』と呼ばれ、回復専門の職を担う。よって、聖属性とそのほかの属性を同時に使える者はあまりいないようだ。

（私も一つくらい使えるようになるかしら？　まあまずは生活魔法を覚えなくちゃね）

それぞれが自己紹介を終えたあと、リーヴェを含めた五人は『ロサウィオラの花』を採取しにユーディス王国王都を出発した。

☆

『ロサウィオラの花』がある場所までは馬車で三時間ほど。

そのあと少し歩くが、目的は採取するだけなので、首尾良くいけば今日中に帰ってこられる。

まあリーヴェとしては野宿は嫌なので、仮に採取に失敗しても日帰りする予定だが。

ちなみに、御者は弓を使うマドックが務めていた。彼は『聖弓士《せいきゅうし》』という職で、弓矢のほかに聖属性の魔法も使える。

ただしその力は、聖属性を専門とする神官職にはかなり劣る。

神官職が聖属性を伸ばすと結界まで張れるようになるが、聖弓士《せいきゅうし》の魔法がそこまで成長することはない。

属性魔法は魔導士だけじゃなく、戦士や弓術士たちも使えるようで、聖属性の魔法を使える戦士は『聖騎士』、ほかの属性が使える戦士は『魔導剣士』と呼ばれるらしかった。

これらもやはり魔法の専門職には敵わないが、物理攻撃以外にも魔法が使えるというメリットは結構大きい。

属性魔法以外にも、精霊や天使を召喚する『召喚魔法』というものもあるらしく、これを使える者は『召喚士』と呼ばれる。

精霊や天使の力は非常に強力なので、『召喚士』はかなり重宝《ちょうほう》される職だ。

チームにいる戦士職は二人。一人はリーダーであるゲイナーで、もう一人は百九十センチ以上ありそうな巨体のブルケイド。

ゲイナーが剣術を活かして攻撃的に戦うのに対し、ブルケイドは盾と重装備を利用してチームを守るのが仕事。

この役目を『壁役《タンク》』というらしい。

魔導士はオーソン。火・水・無の属性魔法が使える『三属性使い《トリプル》』だ。

火属性と水属性はその名の通り火と水を操る魔法で、無属性というのは『強化《バフ》』、『弱体化《デバフ》』を与えたり、敵などを探知したり空を飛べたりするなど、補助的な効果が多い魔法である。

四人全員がBランクで、そのままチームもBランク。

これは全冒険者の上位十パーセントに入る実力だ。

この世界には百万人以上の冒険者がおり、各国でそれぞれ活躍している。

CランクとDランクがそれぞれ三十万人ほどで、この辺りが実力の中央値だろう。

Aランク在籍者は一万人ほどで、これは全冒険者の上位一パーセントにあたる。

Sランクは各国に数人ずつしか存在せず、全世界でも百人もいないとのこと。つまり、上位○・○一パーセントの存在だ。

リーヴェは事前知識として冒険者のことを調べていたので、これくらいは知っていた。

あとはモンスターについても調べたが、目的地はそれほど遠くなく、危険度についてもBランク冒険者がいれば問題ないとのことなので、今回に限ってはそれほど心配はしていない。

昼頃、馬車は目的地である森の入り口に到着した。

その場に馬を繋ぎ止め、リーヴェたち五人は森の中へと入っていく。

森には危険なモンスターが多数棲息している。比較的安全な街道でもモンスターと遭遇することはあるそうだが、森の中の危険度は段違いだ。

ということで、リーヴェたちは早速モンスターと出会ってしまう。

「おっと『小鬼』のお出迎えだ。可愛がってやるか」

先頭を進んでいたゲイナーが真っ先に気付き、そう言いながら剣を抜く。

リーヴェが初めて見たモンスターは、この世界でポピュラーな魔物――ゴブリンだった。

(あら、『小鬼』なんて可愛いニックネームつけられてる割にはそこそこ大きいのね)

子供サイズかと思ったら、体長は百五十センチくらいあった。ほぼリーヴェの身長と同じくらいである。

まあ『大鬼』と呼ばれているオーガの体長が二メートル以上あるので、それと比較してゴブリンは『小鬼』と呼ばれているのだが。ゴブリンはモンスターの中でも最弱クラスらしいが、意外に動きが速く、草木の生い茂る森の中をスイスイと近付いてくる。

もしもリーヴェだけだったら、すぐに捕まって殺されていただろう。

だがゲイナーたちは、いとも簡単にゴブリンを撃退した。

(さすがね。動きといい反応といい、地球人ではこの人たちに勝てそうにない強さだわ)

モンスターには強さのランクが設定されていて、ゴブリンはモンスターランク10だった。

これは数値が大きいほど手強《てごわ》いモンスターという評価になっている。

討伐難易度というものもあり、ゴブリンなら難易度Eである。これはEランク（レベル10以上）の冒険者チームでなら安全に討伐できるという目安で、それよりも下のランクが挑戦するときは注意が必要ということだ。

ゴブリンよりも弱いモンスターが討伐難易度Fで、それは駆け出しの冒険者たちが経験を積むために戦うようなザコだ。

そう考えると、最弱クラスとはいえゴブリンは侮れない相手と言える。

このあとも『ラジエルの書』で見たモンスターが次々に襲ってくるが、ゲイナーたちは問題なく倒していく。

すると、あるときリーヴェの体にピロリンとまるで音が鳴るような感覚が走った。

（えっ、今のは何……？　ひょっとして……！）

ステータスを確認すると、リーヴェのレベルが2になっていた。

ゲイナーたちがモンスターを倒している恩恵で、リーヴェにも経験値が入っていたのだ。

（なるほどねえ。私は彼らのチームじゃないけど、一緒にいるから経験値がもらえちゃうのね。嬉しいけど、私も強くなったら筋肉ムキムキのマッチョになっちゃうのかしら？）

レベルが上がったことで、リーヴェは自分の見た目を心配した。

冒険者たちがいい体をしている者ばかりなので、強くなると自分もああなってしまうのではないかと不安を覚えたのだ。

ただそれは杞憂《きゆう》で、ステータスによって外見が変化することはない。

因果関係としては逆で、筋肉質な者ほど筋力値のステータスが上がりやすいということ。だから強い冒険者ほど筋肉質な人が多かったりする。

元々の資質として、大柄な人は『筋力値《STR》』や『体力値《HP》』が上がりやすく、小柄な人は『素早さ《AGI》』や『器用値《DEX》』、女性は『知力値《INT》』や『魔力値《MP》』が上がりやすい傾向がある。

そのため、多くの人は見た目通りの適性職に就くことが多い。

もちろん色んな資質があるので、見た目とはまったく違った能力を持つ人もいる。

体が細い女性なのに、男顔負けの戦士も大勢いるのだ。


戦闘を繰り返しつつ、そのまま森の奥まで来ると、ふとゲイナーたちは立ち止まってリーヴェのほうを振り返る。

「ここまで来ればいいだろう」

明らかに自分に向けられた言葉だったが、リーヴェは発言の意味が分からなかった。

ゲイナーたちは少し前までとは雰囲気も変わっていて、挑発的な態度になっている。

どうも友好的なものを感じない。殺気すら漂わせているほどだ。

ゲイナーはニヤリと邪悪な笑みを浮かべながら言葉を続ける。

「悪いがお前を始末する。ここなら死体が発見されることもないしな」

二．ピンチ再び

ゲイナーの突然の宣言にリーヴェは唖然とした。

感じた殺気は本物だった。しかし、自分が殺される理由が分からない。

そもそも冒険者は依頼を遵守するのが義務で、Bランクにまで上がるほどなら、しっかりとした倫理観を持っているはず。

せっかく頑張ってきたと思われるのに、殺人なんて犯せば全てがパァだ。

それなのに、何故こんな愚行をしようとしているのか？

「ここに来たのは私を襲うのが目的だったってこと？　じゃあ『ロサウィオラの花』を見つけたというのはウソだったの？」

「ああ、そうだ。残念だったな」

「で、でも、なんで私を殺すの？　あなたたちに何もしてないのに⁉」

「お前は敵に回しちゃいけない人を怒らせたのさ。身の程をわきまえずに出しゃばったことを後悔するんだな」

（出しゃばった……？　もしかしてアトレチオ関係かしら？　ってことは、こいつらはアトレチオからの刺客《しかく》なのね！）

今の発言でリーヴェはだいたいの流れを察する。

恐らく、時計やマッチのことで大損害を被《こうむ》ったアトレチオが、自分《リーヴェ》の殺害を子飼いの冒険者に依頼したのだろう。

ゲイナーたちがBランクまで出世したのも、ひょっとしたらアトレチオの後ろ盾があったのかもしれない。

初めて関わった冒険者がこんなヤツらとは……リーヴェは迂闊《うかつ》に信じてしまったことを反省する。

「まあ殺す前に、少しお前の体を楽しませてもらうがな。ククク……」

「ぐひひ、スゲー美少女だ、たまらねえっ！」

お前らロリコンか！

リーヴェは心の中で罵倒した。

普段は銀髪を見せないようにフードや帽子などで頭部を隠しているが、今回そんなものは邪魔になるので、銀髪も顔も隠さずにゲイナーたちと過ごしていた。

なんとなくチラチラ見られる回数が多いと思っていたが、そんなゲスなことを考えていたとは……

とにかく大ピンチだ。

リーヴェはどうやって切り抜けるか、頭をフル回転させて考える。

そしてとっさに白金貨を数枚掴んで取り出し、ゲイナーたちに見せる。

「おいおい、金なんかで命乞いしたって……ちょ、ちょっと待て、そりゃあ白金貨じゃねえか⁉」

「こんなガキが、なんでそんな大金持ってやがるんだ⁉」

白金貨は一枚百万G《ゴールド》だ。それをリーヴェは手に五枚持っていた。

これはBランクの冒険者にとっても大金で、さすがのゲイナーたちも目の色を変える。

「よ、よし、分かった。それを寄越すならお前には何もしない。約束するぜ」

ゲイナーたちは興奮を隠すことなく、よだれを垂らす勢いで白金貨を見つめている。

美少女を弄べるうえに大金まで手に入るのだ。鴨がネギしょってやってきたとはこのことである。

まあこのことわざは異世界にはないのだが。

ゲイナーたちがそんな約束を守るはずないことは、リーヴェも当然分かっている。私を馬鹿にするなと、内心はらわたが煮えくり返っているところだ。

リーヴェはたっぷり白金貨を見せつけたあと、それを思いっきりあちこちに投げた。

今までポーション販売などで稼いだものだが、命には替えられない。

それに、錬金術によってリーヴェは金塊を百億円分持っている。白金貨五枚程度に未練はまったくなかった。

「ああっ、何すんだこのバカ野郎っ！」

「白金貨が草に埋もれちまったぞ！」

「ちくしょうっ、探せっ、探せっ！」

五百万G《ゴールド》の大金に目が眩んだゲイナーたちは、慌てて白金貨が落ちた辺りまで駆け寄り、草むらをかき分けて必死に探す。

こんな森で落ちた場所を見失ったら、もう白金貨を見つけることはできないだろう。

場所を覚えているうちに、なんとしても探し出さなくては！

ゲイナーたちが白金貨に夢中になっているその隙に、リーヴェは一気に逃げ出した。

「あっこらっ、待てくそアマっ！　……ちっ、仕方ねえ」

ゲイナーたちはリーヴェを追わず、白金貨探しを選択した。

きっちり始末するのが仕事ではあるが、まあしょせん小娘だ。ここに置き去りにすれば、生身一つでは到底王都まで戻ってはこられないだろう。

この森にはモンスターがウヨウヨいるし、恐らく森から脱出することさえ不可能なはず。放っておいてもこれで任務完了だ。

ただで五百万G《ゴールド》が手に入るのだ。もう女なんてどうでもいい。

弄べなかったのは残念だが、この情欲は娼館にでも行って晴らすことにしよう。

そう一瞬で考え、ゲイナーたちは必死に白金貨を探すのだった。

☆

「ふぅー……もう私のことは諦めたようね」

リーヴェは離れた場所まで無我夢中で逃げたあと、生い茂った草むらにひっそり身を隠していた。

ゲイナーたちが本気で自分を殺しに来たら万事休すだったが、彼らが追ってくる気配はなかったので、多分大丈夫だろう。

白金貨作戦が上手くいったのだ。

「しっかし、まさかこんな目に遭うなんて……私としたことが、平和ボケしてたかも」

今まで生きてきて、リーヴェは悪人とほぼ出会ったことがないので、悪人に対する免疫があまりなかった。

魔導具作りなども非常に順調だったので、つい気も緩んでしまったかもしれない。

こんな騙され方をするなんて、とさすがにリーヴェも反省する。

異世界《ここ》は地球以上に弱肉強食の世界。自分ももっと気を引き締めていかないと。

改めてそう決意した。

「私の座右の銘は『やられたら絶対にやり返す』なんだからね。アイツらめ……覚悟しなさいよ！ と、それはさておき、まずはこの森から脱出しないとね」

いつまでも危険な森にいるわけにはいかない。

周りにはモンスターがうじゃうじゃいるのだから。

リーヴェは荷物入れからあるアイテムを取り出す。

「……西側を回っていけば、比較的安全に進めそうね」

アイテムを見ながらしばらく考えたあと、自分が進むルートを決定した。

リーヴェが取り出したアイテム――それは『魔物探知レーダー』だった。

モンスターの体内には、『魔石』という宝石に似た石が存在する。

正確には、モンスターが死んだときにその内包していた魔力や生命エネルギーなどが体表に集まり、それが凝縮されて結晶化したものが『魔石』だ。

魔石はモンスターの種類によって色や大きさが変わり、討伐ランクの高いモンスターほど大きな魔石ができるらしい。

この魔石には高い魔力が詰まっており、異世界では色々なことに利用されている。

魔導ランプなどは、低ランクモンスターの魔石から簡単に作製できる魔導具だ。魔導装備と呼ばれる剣や防具などにも、一部の魔石が使用されている。

なお、魔石のエネルギーは種類によって異なるので、なんにでも使用できるわけではなく、それぞれ性質に合った使い方をしなくてはならない。

基本的には強いモンスターほど良質な魔石になり、すごいものになると、城や屋敷などの防御結界に利用されているほどだ。

このことはすでにリーヴェも知っていたので、今回の採取に出掛ける前に、魔石を手に入れて色々実験・研究をしていた。

そしてモンスターが生きているとき、体内にある魔石の構成要素が持ち主の活動エネルギーと干渉して、特定の波長で魔粒子を発生させることを知った。

これは【ストラノパルファン現象】と言われるもので、リーヴェはこれを探知するレーダーを作ったのだ。

ちなみに、冒険者が持つ探知系スキルも、この【ストラノパルファン現象】を感じ取っている。

リーヴェのレーダーでは生きているモンスター以外を探知することはできないが、その効果は広範囲に及び、かなり優秀な精度であることは確認できた。

そう、ゲイナーたちから逃げるときも適当に走ったのではなく、レーダーでモンスターのいない場所を選んで移動したのだ。

万が一のために作っていたのが功を奏したわけである。

「え～っと、森の出口はこっち方面よね？」

方位磁針《コンパス》を確認しながら、リーヴェは入ってきた方向へと戻っていく。

この世界にも方位磁針《コンパス》は存在し、だいたいどこの道具店でも売っていた。

今リーヴェが使っているのも、自作ではなくお店で買ったものだ。

「アイツらと出会わないように気を付けないと……」

リーヴェは時々立ち止まり、『望遠鏡』で周囲を確認する。

ゲイナーたちがまだ自分を探していたらまずい。今度見つかったら確実に殺されてしまうだろう。

彼らと出会わないよう、リーヴェは大きく遠回りをしながら出口に向かう。

不用意に動いていたずらにモンスターを刺激しても危険なため、リーヴェは慎重に方向を選んで進んでいく。

ちなみに、『望遠鏡』は魔導具扱いだった。

この世界には『遠視眼』という遠くを見るスキルがあるので、『望遠鏡』という発想がなかったらしい。そのため、『魔導器創造』スキルで簡単に作製できた。

手持ちのアイテムを駆使しながら、リーヴェは森の中を歩き続ける。

「やっと抜け出せたーっ！」

彷徨《さまよ》うこと三時間。

リーヴェはゲイナーたちにもモンスターにも遭遇することなく、無事に森から脱出できたのであった。

時刻はすでに夕方五時近く。あと一時間ほどで日は落ちてしまうので、その前に王都へと戻らなくてはならない。

王都から森《ここ》に来るまで、馬車で三時間ほどかかっている。

よって、徒歩では到底間に合わないわけだが……

「馬車のあの速度で三時間なら、距離で言うとだいたい四十キロ程度よね？　ならまあ大丈夫でしょ」

そう言って、アイテムボックスからあるアイテムを出す。

それは……

「じゃーん、電動バイク～ぅ！」

青い猫型ロボットが喋るような言い方で、リーヴェはバイクを取り出した。

もちろんこの世界にはない乗り物なので、『魔導器創造』スキルで製作できた。移動で困らないよう、一応作っておいたのだった。

ガソリンではなくバッテリー仕様だが、替えのバッテリーもたくさん作ってあるので問題ない。

バイクを使えば、恐らく一時間も経たないうちに王都へ帰れるだろう。王都の方向も分かっているので、走っているうちに街道にも出られるはず。

心配なのは、帰る途中でゲイナーたちとはち合わせしないかどうかだ。

ちなみに、なんなら小型飛行機も製作可能だが、リーヴェは操縦ができない。墜落したら大変なので、さすがに使用するのは無理だ。

とりあえずこの手の交通手段は便利なので、いずれ自動車も作ろうと思っている。

「さぁて、家に着くまでが冒険だからね。気を緩めずに注意して帰りましょ」

『魔物探知レーダー』や『望遠鏡』を駆使しつつ、リーヴェは帰路につく。

そのままゲイナーたちとはち合わせすることなく、無事王都へ帰ることができたのだった。

☆

「リ、リ、リーヴェ・シェルムさん、生きてらっしゃったんですか!?」

冒険者ギルドの受付嬢が、リーヴェのことを目が飛び出すほど見つめながら驚く。

リーヴェは無事王都に戻った後、真っ先に冒険者ギルドに顔を出した。

ゲイナーたちの所業を訴えるためだ。

「ええ、なんとか無事帰ってこられましたよ。ゲイナーたちに殺されそうになりましたけどね！」

「殺され……？　いったいなんのことですか？」

受付嬢の説明によると、ゲイナーたちはすでにギルドに来てリーヴェのことを報告していたらしい。

ゲイナーの報告では、リーヴェは勝手に一人で森の奥まで入ってしまい、そのまま行方不明になってしまった。それで仕方なくゲイナーたちは帰ってきたということだった。

「アイッツらめえええええっ！」

リーヴェは元々一人で採取しに行こうとしていたくらいだったので、ゲイナーのこの報告をギルド側も信じてしまった。

ところが、リーヴェが無傷で現れたので、受付嬢も仰天したというわけだ。

馬車も使わず、いったいどうやって森から戻ってきたのか、受付嬢も首をかしげる。

「とにかく、私はゲイナーたちに襲われたので、アイツらを何らかの罪で処分してください」

リーヴェは白金貨を投げて逃げたことも含め、起こった出来事の詳細をギルドへ報告した。

あとはギルドの判断を待つだけだが……

「ま、待ってください、こんなケースは初めてなので、ギルドとしてもすぐには対処できません。あなたもこうして無事帰ってきてますし、何が本当なのかこちらでも調査させていただきます」

「ええっ、私ウソなんて言ってないのに……」

確かに、リーヴェが襲われたという証拠がない。

白金貨を囮《おとり》にして上手く逃げたという話も、こんな少女がそんな大金を持っているのか疑問だ。

それに、戦闘力もない普通の少女が、馬車もなしに一人で森から帰ってきている。

何から何まで信じられないことばかりだ。

ギルド側としても、リーヴェの言うことを鵜呑みにするわけにはいかないだろう。

「とりあえず、ギルドで正式に調査いたしますので、しばらくお待ちいただければと思います。なんにせよ、リーヴェさんが無事で安心しました」

今のところ、これ以上はどうしようもないみたいなので、リーヴェは調査を任せて冒険者ギルドを後にした。

恐らく、黒幕はアトレチオだとは思うが、証拠がない。

調査で判明してくれることを祈るだけだ。

(でも、私も自分で身を守れるようにしたほうがいいわね)

異世界を少し舐めていたリーヴェは、自分も強くなる必要性を感じた。

この世界には危険なモンスターがいるし、治安に関しても、やはり地球には及ばない。

色々と物騒な世界だからこそ冒険者という職業があるわけで、平和ボケしていたらどんな危険に遭遇するか分からない。

せめて、ある程度自分で身を守れる力をつけないと、狙われ放題だ。

幸い、この世界には『経験値』というレベルアップシステムがある。

地球では女性が強くなるのは難しいが、異世界《ここ》ならば対等に強くなっていける。

(そうか……女神の言っていた『超成長』っていうヤツは、かなり有能なスキルだったのね。あのときよく分からずにキレちゃって悪いことしたわね)

女神の心遣いに今頃気付いて、少し罪悪感を覚える。

まああの時点では、異世界における『強さ』の利点がよく分かってなかったので、仕方のないところではあるが。

リーヴェは今後のことを検討しながら家路につくのだった。

三．容赦しません

今日も今日とて、リーヴェは研究室に籠《こ》もっていた。

「ん～やっとできたわ～っ！」

リーヴェは嬉しそうにバンザイをしたあと、首と両肩を回して気分をリフレッシュする。

ここしばらくずっと研究漬けで、ロクに外にも出ていなかった。

まあこんなことはリーヴェとしては珍しくないのだが、無事努力が実るとやはり嬉しいものだ。

色々と苦労もしたが、ようやく魔導具が完成してサッパリ晴れやかな気分になっている。

作ったのは、『魔石』を原料とした『身体強化薬』。

魔石にはモンスターの魔力や生命エネルギーが詰まっている。そのため、色々な魔導具に利用されるわけだが、リーヴェはエネルギーそのものを取り出すことにチャレンジした。

魔石は強い紫外線を照射し続けると化学反応が起こり、蛍石を熱したときのように突然爆《は》ぜたりする。

この破片を細かく砕いて液体窒素に溶かすと、【カーチェスター分離】が発生して魔物のエネルギー成分のみが結晶化される。

この結晶を経口摂取することにより、そのエネルギーは【ランプロス・アポテレズマ効果】によって『変異結合型アデノシン三リン酸《MBATP》』に変換され、一時的に身体能力や魔力などを上昇させることができるのだ。

つまりこれを飲めば、一定時間、筋力や反応速度、感知能力が上がったり、または魔力が増強されたりするわけである。

要するにドーピングだ。この世界では『強化《バフ》』と言われているが。

無属性魔法にもこれと近い効果の魔法があるのだが、魔法が一切使えないリーヴェはほかの方法で強化するしかない。そのために作った薬だった。

先日襲われたこともあり、リーヴェはまず真っ先に自分を強化することを考えて研究した。

ただし、効果は一時的なうえ、それほど大幅に強くなれるわけではなかった。

それは素材に使った魔石が原因で、リーヴェが手に入れたのは、街などで売っている比較的低ランクのものだからだ。

上位モンスターから取れる貴重な魔石は、まず通常の店などでは売っていない。

もし手に入れようとするなら、冒険者に依頼するしかないだろう。

素材にした魔石のモンスターが高ランクであるほど『身体強化薬』の効果も上がり、ものによっては恒久的なステータスアップも可能と思われる。それを使えば、理論上はレベル1のまま最強になることすらできるのだ。

「魔石の研究についてはまだ初歩の段階だから、今後研究が進めば、もっと有効的な使い方もできるはず。まさに可能性の塊ってヤツね」

魔石は地球には存在しないため、さすがのリーヴェでも知らないことばかりだが、『ラジエルの書』のおかげでかなり効率良く研究ができている。

上手くいけば強力な魔導装備も作製可能と思われる。

それがあれば、リーヴェの力も大幅にアップできるに違いない。

「ま、何はともあれ、今日のところはここまでね。夕食は外で食べようかしら」

ずっと閉じこもりっぱなしだったので食材も切れていた。

せっかくだから、アイテム完成祝いにレストランで美味しいものでも食べようと、リーヴェは身支度を整えて最近お気に入りのお店に向かった。

☆

「ふわぁ～食べた食べた。しばらくロクなもの食べてなかったから、美味しい料理をお腹いっぱい食べられて大満足よ！」

リーヴェはレストランで食事を終えると、膨らんだお腹をさすりながら上機嫌で帰り道を歩く。

本当はお酒も飲みたかったのだが、体質的に気持ち悪くなってしまうので、今日は我慢して思う存分料理だけを楽しんだ。

時刻はすでに夜九時過ぎ。

中心街とは違って、この辺りはかなり人通りも少なく、現在はリーヴェの周りには誰もいない。生活音なども聞こえることなく、しんと静まり返っている。

そんな静かで暗い道を、次はなんの研究をしようかしらと考えながら、幸せな気分でのんびり歩いていると……

「本当に生きているとはな……！」

憎々しげな声とともに前方に現れたのは、あのBランク冒険者ゲイナーだった。

「ア、アンタ、この前はよくも……！　ほかのヤツらはどうしたのよ！」

「お前の後ろにいるぜ」

ゲイナーに言われて振り返ると、そこにはブルケイド、マドック、オーソンの三人がいた。

「この辺りでお前を見かけるという噂は聞いていたんだが、なかなか現れなくて待ちくたびれたぜ」

大柄なブルケイドが、首を回してストレッチしながらそう発言する。

リーヴェは最近ずっと籠《こ》もりっぱなしだったので、ゲイナーたちはなかなか会えずにしびれを切らしていたところだった。

ゲイナーたち四人がこんな所にいたのは、もちろんリーヴェを襲うためだ。それはリーヴェも瞬時に理解している。

それにしても、王都の中で堂々と襲ってくるとは大胆だ。

人通りが少ないとはいえ、ここは先日の森とはわけが違う。殺人の証拠隠滅も簡単ではない。

それなのに襲ってきたのは、実はゲイナーたちも後がない状況だからだ。

リーヴェが生還して報告したあと、冒険者ギルドで調査が始まった。

ゲイナーたちがリーヴェを襲ったという証拠などは見つからなかったが、しかし、やはり言動がおかしいと疑われた。

それに、あの日以来ゲイナーたちの羽振りが妙に良くなった。これはリーヴェが白金貨を利用して逃げたという証言と辻褄《つじつま》が合う。

これらのことから、近々ゲイナーたちは拘束される恐れが出てきた。

当然リーヴェの主張が正しいわけだから、ゲイナーたちは大ピンチである。

捕まれば冒険者資格の剥奪はもちろんのこと、殺人未遂の罪で投獄されてしまう。リーヴェが生きていることを知って、依頼主のアトレチオも激怒している。

だがアトレチオは、今度こそきっちりリーヴェを始末すれば、自分の力でなんとかしてやると救いの手を差し伸べたのだ。

ちなみに、仮にゲイナーたちが捕まっても、アトレチオとの関係は表には出ない。

よって、アトレチオ自身が罪に問われることはない。

そうなるように命令を出している。そして、そういう裏の力をアトレチオは持っている。

ゲイナーたちは、もはや捕まる前に一刻も早くリーヴェを殺すしかなかった。

ここで強引に仕掛けてきたのはそういうわけだ。

「どうやってあの森から帰ってきたのか知らねえが、ここでお前は死ぬことになる」

「それはどうかしらね」

ゲイナーの言葉にそう答えると、リーヴェは素早くジャンプして左の塀を跳び越え、そのまま逃走する。

「なっ、アイツあんなに身軽だったのか!? おい、オレたちも追うぞ！」

「おう！」

ゲイナーたちも、同じように塀を跳び越えてリーヴェを追う。

身軽といってもリーヴェはしょせん一般人。Bランク冒険者の足には敵わない。

しばらく逃げているうちにどんどん追いつかれ、周囲に何もない広い空き地へ入ったところで、リーヴェはゲイナーたちに囲まれてしまう。

「はあはあ、もう逃げられねーぞ。ククク、お前バカだな。わざわざこんな人気《ひとけ》のないところに自分で来るなんて」

「ああ、ここなら誰にも気付かれずにお前を殺《や》れるぜ」

ゲイナーとマドックが邪悪な笑みを浮かべながらそう告げる。

ブルケイドはもう準備万端といった感じで、指をボキボキと鳴らした。

「さあもう観念しろ。大人しくしてれば、痛みを感じる間もなく一撃で殺してやる」

ゲイナーがリーヴェに処刑宣告をした。

しかし、それを受けたリーヴェは、ゲイナーたちに負けないくらいの凶悪な笑みを浮かべて言い返す。

「ふふん、勝ち誇ってるところ申し訳ないけど、覚悟をするのはアンタたちのほうよ！　ふふふ、このときを待ちわびたわ……」

その底意地の悪そ～うな言い方は、とても十六歳の少女とは思えないものだった。

追い詰められて、てっきり命乞いでもするかと思っていた女が、何故か自信満々に挑発してきたのを見て、ゲイナーたち四人はポカンとなる。

想定外の展開に声も出ないまま呆気にとられていると、またリーヴェが言葉を続けた。

「ここらの土地は、アンタたちよりも私のほうが詳しいのよ？　この空き地にはあえて来たのよ。誰にも邪魔されず、アンタたちを叩きのめすためにね」

そう、ここに誘い込むために、リーヴェはわざと食後の帰り道で無防備な姿を見せていたのだった。

そもそもゲイナーたちの報復は想定済みだ。だから住んでいる家の場所を知られないように、普段から気を付けていた。

そして本日、ついに『身体強化薬』が完成したので、リーヴェも反撃の狼煙《のろし》を上げることにしたのだ。

この仕返しを頭に思い描きながら、必死でリーヴェは研究を続けていたわけで、今まさにその瞬間が訪れてリーヴェのテンションはだだ上がりだ。

現状の『身体強化薬』では、Ｂランク冒険者と正面から戦えるほど能力は上がらないが、ある程度身を守れるほどには強くなれる。

この帰り道でも、事前に『身体強化薬』を飲んで筋力や気配感知力をアップさせていた。よって、怪しげな気配があることは認識していたうえで、あえて何も知らないフリをしてゲイナーたちを油断させたのである。

やられたら絶対にやり返す。

実はこの空き地は、リーヴェが異世界に来て最初に襲われた場所だった。

ここなら邪魔は入らないうえ、リーヴェの力も万全に出せる。

罠にかけたのはリーヴェのほうなのだ。

「……わけ分かんねえ。何考えてんのか知らねえが、計画通りお前を始末させてもらうぜ」

そう言ってゲイナーが剣を抜く。

リーヴェの行動に一瞬警戒したが、相手はただの女で武器も何もない。自分に勝てるわけがない。

ほかの三人は、自分たちが手を出すまでもないと思っているようで、リーヴェが逃げないように見張っている。

そしてゲイナーが動こうとしたところで……破裂音が空気を震わせた。

パアアアアアンッ！

直後、ゲイナーは持っていた剣を落として右腕を押さえる。

「な……なんだっ⁉　い、いてえええっ！」

「どうしたゲイナー⁉　そ……その傷はいったいっ⁉」

ゲイナーの右腕からは血が噴き出ていた。

何が起こったのか分からず、ほかの三人は混乱しながらゲイナーに駆け寄る。

リーヴェの右手には拳銃が握られていた。今それを発砲したのだった。

もちろんこれは『魔導器創造』スキルで作ったものである。

実は『身体強化薬』を作る前に、まずリーヴェは拳銃を作っていた。これは研究するまでもなく理論などが分かっていたので、いの一番に製作していたのだ。

『身体強化薬』を飲んだ効果で筋力や反応速度もアップしているので、拳銃の狙いも正確だった。

（一応『無反動砲《カール・グスタフ》』（に似たもの）も作ってあるんだけどね）

『無反動砲《カール・グスタフ》』はさすがに過剰武力なので、この程度の相手なら拳銃で充分。

ほかには催涙スプレーなんてものも、何かのときのために作ってある。

「このアマっ、もう手加減しねえっ」

ゲイナーがやられたのを見て、重装備のブルケイドが剣を抜きながらリーヴェに走り寄ろうとした。

その右脚を、リーヴェはまた拳銃で撃ち抜く。

「あぐおおおっ！　なっ、なんなんだ!?　いきなり脚を貫かれたぞっ!?」

ブルケイドが苦鳴を上げながら右脚を押さえてうずくまったところを、リーヴェはもう片方の左脚も撃ち抜く。

これでもう動けない。

「ぐあああっ、脚がっ、オレの脚がああっ」

ブルケイドは地面にひっくり返り、両脚の痛みにのたうちまわる。

元々リーヴェは容赦しないタイプだ。やるときはやる。

もはや少女だと甘く見ている場合ではなくなったマドックとオーソンが、弓矢と魔法でリーヴェを攻撃しようとした。

だが、リーヴェの拳銃のほうが断然早い。

二人の体に、一応急所を外しながら三発ずつ撃ち込む。

「ぎゃあああああっ!!　いてえええっ!!」

それを見たゲイナーが強引にリーヴェを襲おうと近付いてくるが、その体にも無慈悲にまた三発撃ち込む。

ここまで来たらついでとばかり、ブルケイドにも追加で一発ぶち込んだ。

ゲイナーたち四人の悲鳴が、夜の静寂を引き裂く。

作った拳銃は『ベレッタ92』をベースにしたので、まだ弾数は残っている。厳密に言うと『ベレッタ92』に似たものという感じだが、性能はほぼ同じだ。

最強拳銃『デザートイーグル』も作ってあるが、人間相手に使うにはさすがに威力が強すぎなので、リーヴェはやめたようだ。

痛みに苦悶するゲイナーたちだが、『聖弓士《せいきゅうし》』であるマドックは聖属性の回復魔法を使うことができる。ただ、『神官』のような専門職ではないため、これほどの重傷を治す魔法は持っていなかった。

そしてもちろん、回復する余裕などリーヴェは与えない。

「まだやる気？　私はとことん容赦しないわよ？」

「ま、まいった、オレたちの負けだ。も、もう逆らわない……」

「シ……『白銀の魔女《シルバーウィッチ》』……コイツ、本物の魔女だあああっ」

「た、頼む、殺さないでくれ……」

わけも分からず重傷にされ、ゲイナーたちは半泣きで降参する。

死なない限りは自分のエリクサーで治療できるため、リーヴェは遠慮など微塵もなく撃ちまくった。

何せ、自分は本当に殺されそうになったのだ。リーヴェの怒りは頂点を超えていた。

元々狂気《マッド》な気質だけに、怒らせると本当に怖い女だった。

「じゃあ質問するわよ。アンタたちに命令したのはアトレチオね？」

「……そ、そうだ」

ゲイナーはもう仕方ないといった感じで白状した。

まあ聞かずとも分かっていたことだが。

そのあともゲイナーたちは素直に質問に答え、充分情報を聞き出したところで、リーヴェは王都の警備隊を呼んだ。

そして傷の手当てをしたあと、ゲイナーたちは連行されていった。

完治させるとまた暴《あば》れる恐れがあるので、あくまでも応急処置だったが。

(よっしゃーっ！　これであのアトレチオも終わりね！)

ちなみに、ゲイナーたちに奪われた白金貨は四枚だけ回収できた。

一枚――つまり百万G《ゴールド》はすでに使ってしまったとのこと。

あぶく銭《ぜに》というのは消えるのが本当に早いものだと、リーヴェは呆れ返るのだった。

四．傷ついた獣

「ええっ、アイツらが死んだ!?」

テオの店にポーションを届けに来たところ、リーヴェは衝撃の事実を聞かされる。

なんと、逮捕されたゲイナーたち四人が死亡したらしい。

「今日の新聞に、そんな記事が載っているよ。多分リーヴェさんの言っていたBランク冒険者のことだと思うんだけど……」

「み、見せてください」

テオから新聞を受け取り、リーヴェは該当記事を読む。

そこには確かに、収監されていたゲイナーたちが獄中で死亡したと書かれていた。しかも、四人全員である。

そんな偶然があるのかと、リーヴェは当然怪しむが、ここは異世界だ。

何かがきっかけでそういうことが起こるのかもしれない――と思いたくなるが、やはり不自然。口封じに殺されたと考えるほうが妥当だろう。

実際これは口封じだった。

たとえゲイナーたちが今回のことをバラそうとも、アトレチオには捜査の手が及ばないようになっているが、万が一ということもある。

リーヴェを手強《てごわ》いとみたアトレチオが、念のために証人を消すことにしたのだ。

今回の事件の黒幕――アトレチオの悪事を暴《あば》くには、ゲイナーたちが鍵だった。

アトレチオを追い詰めようと思ったら、なんとかそこから辿るしか手はない。

しかし、その証人が全員いなくなってしまった。これでは迷宮入りする可能性が高い。

ちなみに、こういう情報を得るため、リーヴェ自身も新聞を取りたいところではあるのだが、リーヴェの家は街外れにポツンと建っているので配達範囲外なのだった。

まあ安易に家を知られては不味《まず》いので、取らないで正解とも言えるが。

(もしもこれがアトレチオの仕業《しわざ》だとしたら、私が考えていたより、ずっと危険な存在だったって

ことよね)

アトレチオが色々と傍若無人《ぼうじゃくぶじん》に幅を利かせていることは知っていたが、まさかこれほど力を持っているとは思わなかった。

その権力はどこまで及んでいるのか。

敵対すると、場合によっては殺されるかもしれない……なるほど、みんな逆らうのを嫌がるわけだ。

自分《リーヴェ》を襲ったのは許されることではないが、ゲイナーたちもしょせん捨て駒だったことを知り、リーヴェは彼らに同情した。

ただ、普段はここまで強引なことはしないはず、とリーヴェは考察する。

こんなことを頻繁にやっていたら、さすがに大問題になる。悪事をもみ消すのもそれなりに限界はあるだろう。

今回に関しては、リーヴェの謎の力を恐れて、やむを得ず強引に口封じしたのだと思われる。

(せっかく上手くいったと思ったのに、ちょっと予定が狂っちゃったわね……)

これでもう面倒な相手がいなくなると思ったら、逆にさらに危険度が増してしまった。

アトレチオの出方が気になるが、証人を抹殺して証拠隠滅するようなヤツだけに、リーヴェも簡単には動けない。

幸い、住んでいる家はまだバレていないはずだ。

アトレチオがどこまで力を持っているのか分からないが、とにかく隙を見せないよう注意するしかないと思うリーヴェだった。

☆

テオの店に行った夜。

そろそろ就寝しようと思っていたリーヴェの耳に、外から不審な音が聞こえてきた。

恐らく、裏にある廃材置き場からだろう。風が鳴らす音ではなく、明らかに生き物が動いている物音だ。

(な、なに？　こんな夜に街外れのこの家まで来るなんて……？)

テオの店から帰るとき、リーヴェは尾行《つけ》られたりしないように充分注意していた。

だが、相手が一枚上手《うわて》だったか？

小動物などが廃材をあさっているだけかもしれないが、アトレチオが寄越した刺客《しかく》の可能性もあるので、そのまま放っておくわけにはいかない。

安全かどうか確認するため、リーヴェは『身体強化薬』を飲んで家の外に出た。

音を立てないよう、そ～っと廃材置き場に近付くと、積み上がった廃材の上に大きな何かが倒れていた。

月明かりの中、それをじっと観察してみると、どうやら人間ではなく動物だった。

それも、怪我を負っているようだ。血液らしきものが辺り一帯に付着している。

一瞬、死んでいるようにも見えたが、体がゆっくり上下しているので呼吸をしているのが分かった。

ただし、出血量から見て多分重傷だ。

さて、どうする？　リーヴェは悩む。

ただの動物なら放っておいても問題ない。とはいえ、見捨てるのは可哀想に思う。

何より、リーヴェは割と動物好きだ。いつ見ても、その純粋な姿にとても癒やされる。

（とりあえず、もっとよく見ないと状況が分からないわ）

万が一を考えて、最強拳銃『デザートイーグル』で狙いをつけたまま、リーヴェは慎重に謎の動物へと近付いていく。

そして『魔導器創造』スキルで作った懐中電灯でその動物を照らした。

ライトの中、浮かび上がったその姿は……

（で、でっかい犬っ!?　……いえ、もしかして狼なの？　何これ、牛サイズくらいあるわよ!?）

それは、見たこともないほど大きな犬……いや、巨大な灰色の狼だった。

狼にしては体毛が多く、モフッとした感じだが。

その狼らしき動物は、完全に意識を失っていた。

（『魔物探知レーダー』が反応しないから、モンスターじゃないわね。思い当たるのは『フェンリル』っていうのだけど、それともちょっと違う感じね）

リーヴェは『ラジエルの書』で、ある程度この世界の生き物の知識を得たが、まだ知らない動物も多い。

ただ、人間の生活圏には、イヌ科でこんな大きなものはいなかったはず。

この動物の正体はなんだろう？

悩むリーヴェは、さらによく狼を観察してみると、右前足がないことに気付いた。

以前からないわけではなく、たった今失ったような感じだ。切断された部分からは、まだ血が流れ出ている。

（このままじゃ死んじゃう……どうしよう、助けてあげたい）

狼によく似た巨大な獣が、全身に酷い怪我を負って死にそうになっている。

助けたい――異世界で知らない動物を治療するのは危険だが、リーヴェには見捨てることができなかった。

アイテムボックスから『ハイパーエリクサー』を取り出し、急いで狼の全身に振りかける。

『ハイパーエリクサー』は身体欠損を治すことができるが、それは欠損した直後だけ。

時間が経つほど完治の可能性が低くなり、仮に形だけ元に戻っても、機能としては失ってしまうことも。

この狼の場合は……恐らく、まだ欠損して間もない状態と思われた。よって、『ハイパーエリクサー』の効果は十二分に発揮され、失っていた右前足が光りながらゆっくり修復されていく。

そしてしばらくすると、完全に元の足に戻ったのだった。

（良かった！　これでもう大丈夫ね！）

全身に負っていた怪我も治り、狼の呼吸も落ちついてきたので、そろそろ目を覚ますだろうとリーヴェは狼から離れる。

起きたとたん、襲われでもしたら大変だ。

念のため、『デザートイーグル』も構えておく。

（襲ってこないでね。せっかく治したのに、私が射殺するなんて嫌よ）

リーヴェだってやりたくはないが、狼が襲ってきたら撃退するしかない。

それに、この狼がもし凶暴な猛獣だったら、街の人に被害が出ないようやはりここで始末する必要がある。

正体も分からないのに治療してしまった以上、その責任はリーヴェが取らねばならない。

危険な存在なのか、そうでないのかを確認するために、リーヴェは狼の様子を見守る。

意識を取り戻した狼は、頭を上げるとキョロキョロと周りを見回す。

そしてリーヴェに気付くと、毛を逆立たせてグルルと威嚇した。毛が長いだけに、牛よりも大きく見えるほどだ。

リーヴェは恐怖で体を震わせながら、両手で『デザートイーグル』を持ち続ける。

お願い、こっちに来ないで……そう願いながら身構えていると、巨大な狼はフッとその場を離れて逃げてしまった。

体は大きかったが、特に凶暴ではなさそうだし、邪悪なものも感じなかった。

リーヴェはホッとした反面、少し残念に思う。

（お礼も言わずに逃げるなんて、恩知らずな狼ね。まあ足も問題なく治ったみたいだし、とにかく無事で良かったわ）

救ったお礼に甘えてくれるんじゃないかと、なんとなく淡い期待を抱いていたのだが、野生の狼はそんな不用心ではなかった。

まあ死にかけていたのだから、人間を警戒するのは当然だろう。

とりあえず、自分を襲ってこなくて本当に良かったと、リーヴェは胸をなで下ろした。

（それにしても、王都の中に狼っているものなの？　誰かのペットが逃げ出したとか？）

どうも普通の狼ではなさそうで、リーヴェはその正体がちょっと気になった。

このあと人を襲ったりしないか心配なところではあるが、何故かあまり危険な気はしなかった。

理由など何もないただの勘だが、多分大丈夫ではないかと思っている。

ひとまず、刺客《しかく》じゃなかったことに安心しながら、リーヴェは家へと戻るのだった。

五．願いよ届け

いまリーヴェは、王都を出て一人で森に来ていた。

「う～、ちょっと緊張するわね。まずは確実に仕留めたいわ」

『魔物探知レーダー』を確認しながら、その存在に近付いていく。

奇しくも、それはリーヴェがこの世界で最初に出会ったモンスター、ゴブリンだった。

慎重に『デザートイーグル』を構え、狙いを定めてその胸部を撃つ。

パァシュンッ！

風鳴りのような音を立てて弾丸は発射され、見事ゴブリンの胸を撃ち抜いた。

「やったわ！　初めて自分一人でモンスターを倒した！」

リーヴェがガッツポーズをして歓喜する。

さすが最強拳銃、あっさり一撃だ。

ちなみに、森で大きな発砲音が鳴っては魔物を呼び寄せてしまう可能性があるので、『デザートイーグル』には消音装置《サプレッサー》が付けてある。

それでもそこそこの音は出てしまうのだが。

まあゲイナーたちもこの程度の音は立てて戦闘していたので、許容範囲と言える。

何故こんな森にリーヴェが一人で来ているかというと、目的は前回同様『ロサウィオラの花』だ。

前回はゲイナーたちがリーヴェを罠にかけようとしたガセ情報だったが、今度こそ本当の発見報告だった。

冒険者ギルドからそれを伝えられたリーヴェは、採取するため現地へ出向くことにしたのだ。

ただ、今回は自分一人だけで行くことにした。

当然、ギルドは冒険者の同行を勧めたが、前回のことがリーヴェは少しトラウマになっていた。

今度の冒険者は大丈夫と言われても、相手はあのアトレチオだ。ギルドが知らないうちに、冒険者が買収されている可能性も否定できない。

そもそも何故冒険者の同行が必要なのかというと、素人のリーヴェが一人で森の奥に行くのは危険だからだ。

逆に言うと、リーヴェが一人で身を守れるのなら、同行の冒険者がいなくても大丈夫ということになる。

リーヴェは武器として銃器を持っていて、そして『身体強化薬』でステータス全般を上昇させることができる。

『魔物探知レーダー』があればモンスターの位置も分かるので、無駄な戦闘をすることもない。

『ロサウィオラの花』が目撃された場所の地図もあるので、案内も必要ない。

よって、冒険者がいなくても問題ないと判断したリーヴェは、自分一人だけで来たのだった。

実際、身体強化した状態で銃を操れば、上位冒険者以上の力を発揮できた。

今来ている森は先日とは違う森だが、モンスターの強さは先日と同レベルなので、特に手強《てごわ》いものも存在しない。

それに、一人ならバイクも使えるので、移動も馬車で来るより断然楽である。もちろん、あとを尾行《つけ》られないように、充分に注意しながら王都も出発している。

アイテムボックスなどの秘密道具を見られる心配もないので、リーヴェの全力を思う存分出すことも可能だ。

そう考えると、むしろリーヴェ一人のほうが安全かもしれない。

ということで現状に至るわけだが、無事ゴブリンを仕留めることができて、リーヴェの緊張は一気にゆるんだ。

モンスターを初めて倒した興奮がおさまってきたところで、リーヴェはゆっくりゴブリンの死体に近付いていく。そしてその体表で結晶化した魔石を回収し、アイテムボックスに収納する。

この辺の作業はゲイナーたちがやる様子を見て学んでいた。

（よし、一度やってみたらどうってことないわね。この調子でいくわよ！）

リーヴェは目的の場所を目指し、森の奥へと入っていった。


「よぉし、一発で決めるわよ……それっ！」

リーヴェはドイツの『H&K PSG1』をベースに作ったスナイパーライフルで、離れた場所から大鬼《オーガ》を頭部射撃《ヘッドショット》する。

それは正確にヒットし、大鬼《オーガ》は恐らく何が起こったか分からないまま絶命した。

大鬼《オーガ》はモンスターランク35で、ゴブリンよりもかなり格上の魔物だが、特殊攻撃などを持っていないため比較的戦いやすい相手だ。討伐難易度もD＋《プラス》（難易度Dでも高め）といったところで、しっかり経験を積んだDランク冒険者チームなら問題なく倒せる。

この森《ここ》ではこの大鬼《オーガ》が最強クラスなので、今のリーヴェが苦戦するようなモンスターは棲息していない。

とはいえ、リーヴェは攻撃力は高いが防御力に問題があるので、一瞬たりとも気を抜けないのは間違いないが。

「うん、もうだいぶコツは掴んだわ！」

リーヴェは『身体強化薬』の効果で筋力も精密さもアップしているので、凄腕スナイパー並みの狙撃ができていた。

『魔物探知レーダー』でモンスターを見つけ、照準器《スコープ》でその姿を確認し次第、片っ端から撃ち抜いていく。

森の中は視界が遠くまで及ばないため、超遠距離狙撃はできないが、見通しのいいところでなら一キロメートル先の標的も充分狙えそうだ。

一応地球では、凄腕スナイパーによって三キロメートル以上の距離を狙撃できた記録がある。

この異世界は球体ではなく平面なため、自転はしていない。よって、自転による慣性力――『コリオリの力』を考慮する必要がないので、地球上で狙撃するよりも難しくない。

銃さえしっかり製作すれば、地球の記録を超えてさらに長距離狙撃も可能と言える。

まあリーヴェなら、『コリオリの力』が影響したとしても瞬時に軌道計算してしまうだろうが。

ちなみに、高ランクのモンスターほど【ストラノパルファン現象】も激しいので、レーダーの反応が大きくなる。だからレーダーを確認すれば、意図的に強いモンスターだけ避けることも可能だ。

リーヴェも、反応の大きなところにはなるべく近寄らないようにして進んでいる。

あと気を付けなくてはいけないのは、レーダーの反応があるのに、対象のモンスターが見当たらないときだ。

そういう場合、木の上に隠れていたり、草むらや地中に潜んでいることがある。それに気付かず、うっかり近付いてしまうと大変危険なので、リーヴェも充分に注意していた。

「またしても一射必殺《ワンショット・ワンキル》！　……あっ、またレベルが上がった！」

リーヴェは単独でモンスターを狩っているので、もらえる経験値も多い。チームで倒すと、経験値はその全員で均等に分配されるが、単独なら全部独り占めできるからだ。

よって、リーヴェのレベルも上がりまくり、現在は18にもなっていた。

レベルから考えるとEランク冒険者というところだが、『身体強化薬』と現代武器を併用しているリーヴェの実力はAランクチームにも匹敵する。

リーヴェに関して、レベルで強さを判断するのは意味がないだろう。

単純な攻撃力だけで言うなら、『無反動砲《カール・グスタフ》』を使えばSランク冒険者すら凌駕《りょうが》する可能性もある。

それくらい、今のリーヴェはチートだ。

「こんなこと言っちゃあなんだけど、モンスターハントって楽しいわね。地球にこういうゲームもあったわよね」

次々にモンスターを倒し、リーヴェはハンター気分を味わう。

この調子で自分が強くなったら、一人で高ランクモンスターを狩って魔石収集するのもいいかなと思うほどだった。

順調にいきすぎてちょっと浮かれ気味だが、もちろんここが危険な森ということは忘れていない。

絶対に油断しないように注意している。

そして、そろそろ目的の地――『ロサウィオラの花』があるという場所に近付いてきたところで、『身体強化薬』で感知能力が鋭くなっているリーヴェは、モンスターではない気配に気付いた。

こんな場所に誰か人間がいる⁉

そう身構えた直後、木々の奥から声が発せられる。

「なるほど、このオレの気配に気付くとは、ただの小娘ではないな。『魔女』というのもあながち嘘ではないということか……」

暗い木陰からスゥーッと現れたのは、まるで幽鬼のような血の気のない顔をした男だった。


「だ、誰っ⁉」

と叫んだリーヴェだったが、聞くまでもなくその正体に思い当たる。

アトレチオから送られた刺客《しかく》……そうに違いない。

それも、今度は本物だ。恐らくこいつは冒険者ではなく、殺しを生業《なりわい》としている。

何故なら、彼の放つ殺気がゲイナーたちとはケタ違いだからだ。

しかし、リーヴェは刺客《しかく》を充分警戒して王都を出てきた。そのあとも、尾行《つけ》てきている者がいないか確認してからバイクに乗った。

それなのに、いったいどうやってリーヴェのあとを追ってきたのか？

実は、相手は最初から目的地――この森の中でリーヴェが来るのを待っていた。

『ロサウィオラの花』がある場所はリーヴェのみに教えられたはずなのだが、アトレチオもその力を使って場所を突き止めていたのだ。

ゲイナーたちを口封じしたアトレチオだが、リーヴェの読み通り、そう何度ももみ消せるものではない。

もう失敗は許されない。そのため、滅多なことでは依頼を受けない凄腕殺し屋を雇っていた。

男は筋骨隆々な冒険者たちとは違って細身で、パッと見は一般人とあまり変わらないような体格だ。身長は少し高めの百七十五センチくらいで、長めの黒い髪をうなじ辺りで束ねている。

男は腰に差していた二本の剣――刃渡り四十センチほどの短剣を抜き、逆手状態で両手に持つ。

腰を低く構えたその姿は、リーヴェに忍者を思わせた。

「……私を殺しに来たんでしょ？　言っておくけど、そう簡単にはやられないわよ。それ以上近付いてくるなら、私も手加減しない」

そう忠告してリーヴェは銃を構える。『ベレッタ92』ではなく、強力な威力を持つ『デザートイーグル』だ。

一撃で戦闘不能にしないと、この男はヤバイ。

しかし、男は警告を無視してリーヴェへと近付いてくる。

「忠告はしたからね。後悔しなさい！」

リーヴェは容赦せず男に向けて銃を放つ。

自分の命が懸かっているため、相手が死んでも構わないという覚悟で撃ったが、なんと男は銃弾を避けた。

「う、うそでしょっ⁉」

リーヴェはもう一発弾丸を放つ。しかし、それも男はなんなく躱《かわ》す。

「むうっ、本当にこんな武器があるとは……！　だが魔女よ、相手が悪かったな。このオレには通じない。オレは双剣のガズル、その命をもらい受ける」

ゲイナーたちは始末される前、リーヴェが謎の武器を使っていたことをアトレチオたちに伝えていた。

この双剣のガズルという男は、その情報を聞いて拳銃を警戒していたのだ。

リーヴェの手にあるのが遠距離用の武器だと分かれば、このクラスの殺し屋ならそう簡単に喰らうことはない。

リーヴェはとっさに『デザートイーグル』を捨て、『ベレッタ92』に持ち替える。

『デザートイーグル』は破壊力に優れるが、あまり連射が利かない。装弾数も少ないうえ、重くて素早い扱いも難しい。

それならば、威力は落ちるが『ベレッタ92』のほうが、この状況では適切だろう。

人間相手ならそれほど破壊力も必要ないので、とにかく当てることを重視して手数で攻める。

パンッ！　パンッ！　パンッ！　パンッ！　パンッ！　パンッ！　パンッ！

リーヴェは素早く連射するが、なんとガズルという男は全て躱《かわ》していく。

『身体強化薬』で強化されたリーヴェの反応速度はけっして遅くない。筋力や精密さも大きくアップしているため、その腕前はプロの軍人並みだ。

いや、それ以上かもしれない。

当然無闇に撃っているわけでもなく、きっちり捕捉して連射しているのだが、それを上回る速さでガズルは躱《かわ》していくのだ。

「くっ……なら！」

このままでは当てることができないと考えたリーヴェは、ガズルに対してフェイントをかける。

撃つと見せかけて、一瞬銃撃を止めたのだ。

ガズルはそれに引っかかり、銃弾が飛んでこないのに体をずらしてしまう。

それを追って、時間差でリーヴェが狙い撃つ。

この弾は避けられないだろう。今度こそ仕留めた！

……そうリーヴェが確信した瞬間、目を疑うようなことが起こった。

ガズルは、逆手に持った短剣で銃弾を弾《はじ》いたのだ。

「こ、こんなヤツがいるなんて……！」

地球の常識では考えられないことだった。

異世界人の強さをリーヴェはまだ少し甘く見ていた。まさか、銃弾を剣で弾《はじ》くような人間がいるとは思いもしなかった。

死が近付いてくる恐怖で、さすがのリーヴェも冷静さを失ってしまう。

無我夢中で銃を撃ち続けると、いつの間にか弾が切れていた。

呆然としながら、弾倉《マガジン》が空になっても引き金を引き続けるリーヴェ。

カチカチと乾いた音が鳴り続ける。

「どうやら魔女の魔法も切れたようだな。ではお前の最期《さいご》だ」

思考が停止したリーヴェの頭に、もうガズルの言葉は届いていなかった。

そしてガズルの姿が消えたと思った瞬間、リーヴェの意識は途絶えた……

☆

「…………わ、私いったい……？」

どれくらい時間が経ったのか分からないまま、リーヴェが意識を取り戻す。

自分は殺し屋に襲われたはず。

すぐにそのことを思い出したが、自分は死んでいない。何故だろう？

草むらから体を起こし、周りを見回してみる。

すると、少し先に男が倒れているのが見えた。あの殺し屋ガズルだ。

ガズルは死んでいるようで、胸元を三ヶ所大きく斬り裂かれていた。

(何が……起こったの？)

リーヴェが混乱していると、ガズルから少し離れたところに、もう一つ倒れている存在があることに気付く。

それは牛のように大きな体をした灰色の獣——リーヴェが命を救ったあの狼だった。

(待って、ひょっとしてあの子が私を助けてくれたってこと……?)

状況的に、狼とガズルが相打ちになったとしか思えない。

でも、リーヴェがガズルに殺されそうになったとき、そばにあの狼はいなかった。どういう流れでガズルと狼が戦うことになったのか、リーヴェには分からない。

真実はこうだ。

ガズルはリーヴェのあまりの美しさに、すぐ殺してしまうのは惜しいと感じた。

始末する前に楽しませてもらおう——そう考えて、とりあえずリーヴェを気絶させた。

そして直後、その場に灰色の狼が現れたのだった。

狼はリーヴェの行く先は知らなかったが、その鋭い嗅覚で王都を出たリーヴェを追ってきていた。

もちろん、リーヴェを守るためだ。

狼は、あのときリーヴェが救ってくれたことをちゃんと理解していたのだ。

リーヴェは狼に駆け寄って、その状態を確かめる。

……すでに心臓は動いていなかった。そこにガズルの短剣が突き刺さっていたからだ。

リーヴェはその短剣を抜き、冷たくなった狼の体を抱きしめる。

「私を……守ってくれたの?　ありがとう……」

リーヴェの目から涙がこぼれ落ちた。

亡くなったものは、リーヴェの持つ『ハイパーエリクサー』でも蘇らせることはできない。

復活させる魔法なども存在しない。

もうこの子が生き返ることはない…………

ふとリーヴェは、電撃に打たれたように顔を上げる。

『ハイパーエリクサー』――ランクAの回復薬《ポーション》では蘇生はできない。

でも、最上級ランクSの回復薬《ポーション》だったら？

それは、死後間もない状態なら命すら修復するという、究極のポーション。

そもそもそれを作るために、その素材になるかもしれない『ロサウィオラの花』を採りに来たのだ。

情報では、この近くにあるはず。今すぐ見つけて薬を作れば間に合うかもしれない。

幸い、『多機能調合機《ポーションメイカー》』はアイテムボックスに入れて持ってきている。あとは『ロサウィオラの花』を見つけるだけだ。

「少しだけ待っててね。すぐに薬を作って戻ってくるわ」

狼の魂に声が届くことを信じて言葉をかけたあと、リーヴェは急いでその場を離れる。

そしてさらに森の奥へと進み、伝え聞いたエリアに着いたところで、ひたすら『ロサウィオラの花』を探して走り回る。

（どこなの!?　お願い、早く見つかって！）

発見されたというのは確実な情報ではあるが、その該当するエリアは広い。

もしかしたら、その後モンスターに荒らされているかもしれない。

または、もう花は枯れているかもしれない。

たとえ花粉を採取できても、ランクSの回復薬《ポーション》は作れないかもしれない。

様々な不安がリーヴェを襲うが、今はただ探すしかなかった。


そして、息もつけないほど駆けずり回ったのちに、リーヴェはついにその宝を探し当てる。

無事そこに『ロサウィオラの花』は咲いていたのだった。

（あった……！）

すぐに花粉を採取し、その場で素材の全てを『多機能調合機《ポーションメイカー》』に入れる。

花粉に含まれる『身命の再生因子《エフェメラル・ニュトリシオン》』こそ、ランクS回復薬《ポーション》を作る鍵だとリーヴェは思っているが、それが正解なのかどうかは実際に作ってみないと分からない。

（お願い、ランクS！　成功して……！）

地球では神を信じていなかったリーヴェが、心の底から神に祈る。

女神アフェリースにも、無礼な態度を取ってしまったことを謝罪する。

だからお願い、どうか調合を成功させてください。

果たして、その結果は………


〈要素万全《コンプリート》。素材、器材、理論が全て揃ったので、魔導具を作製できます。完成アイテムは『回復薬《ポーション》：ランクS』×1〉

「や……やったわ！　神様ありがとう！」

生成されたのは『女神の恩寵《グレイス・オブ・ゴッデス》』と呼ばれる、究極の回復薬《ポーション》だった。

歴史上でも三本しか確認されておらず、その価値は何物にも代えられない。

それを大事に抱えて、リーヴェは狼のもとに全力で戻る。

静かに横たわっている狼のそばに座り込み、『女神の恩寵《グレイス・オブ・ゴッデス》』をその全身に振りかけた。すると、
灰色の体はまばゆい光に包まれ、心臓まで到達していた傷が瞬《またた》く間に修復されていく。

そしてすっかり傷が消えたあと、狼の体がゆっくりと上下して呼吸をし始める。

その胸にリーヴェが耳を当てると、心臓の音が力強く鳴っているのが聞こえた。

（生き……返った………！）

リーヴェの目から大粒の涙がこぼれ落ちる。

先ほどとは違う、嬉し涙だ。

リーヴェはもう一度、狼の体をやさしく抱きしめるのだった……

六．決意

リーヴェは今自動車を運転しながら、王都へ帰る道を走っていた。

その後部座席には、狼が横たわっている。

何故こんな状況になっているのか？

それは、生き返ったはずの狼が目を覚まさないからだった。

『女神の恩寵《グレイス・オブ・ゴッデス》』で治療したあと、無事心臓も動いて息も吹き返したはずなのに、いつまで経っても狼は意識を取り戻さない。

仕方なく、念のため作っていた自動車に無理やり狼を乗せて帰ることにした。

なお、体が大きすぎて後部座席からはみ出してしまったため、両サイドのドアは外してある。

（体の機能は全て正常に戻っているのに、意識だけ戻らないなんて……）

初めは、あまりに重傷すぎてすぐには目を覚まさないだけだと思っていたが、どうも様子がおかしいと気付く。

そこで、もしかしてと思い当たったのは……

魂の蘇生には間に合わなかったのでは？　ということだ。

『復活』ってどういうことなんだろうと、リーヴェは考える。

『生きている』という状態を復活成功と捉えるなら、植物状態でもそれは復活と言えるのかもしれない。

動物は長時間呼吸をしなければ、たとえ生き返っても重大な障害が残ってしまう。それについては、地球では酸素が数分間脳に行かないだけで障害が残るため、リーヴェだって気になっていた。

この狼が死んでいた時間も短くはなかった。それが復活に影響を及ぼした可能性がある。

ただ、ここは異世界だ。蘇生できる薬だというなら、当然脳に障害も残らずに生き返るものだと思っていた。

それが間違いだったとしたら？

『ロサウィオラの花』を探すためにリーヴェは狼のもとを離れてしまったが、遺体をアイテムボックスに収納しておけば、『女神の恩寵《グレイス・オブ・ゴッデス》』が完成したときその場ですぐに使うことができた。

アイテムボックスに生物は入れられないが、死んでいるなら収納は可能だ。

そして、収納中は時間が止まる。つまり、復活のタイムリミットを延ばすことができる。

リーヴェも動揺していたので、この冷静な判断ができなかったのだ。

もしこのことが原因で狼が目覚めないとしたら、リーヴェの痛恨のミスである。

時間のロスとしては三十分ほどなのだが、それが結果を左右したかもと思うと、リーヴェは後悔で心が重くなった。

考えたくないが、このまま精神が戻ってこない可能性もある。

せっかく蘇生に成功したのにそんなの嫌だ、とリーヴェは目尻の涙を指で拭《ぬぐ》いながら運転をし続けた。

王都の近くまで車を走らせたあと、狼をリヤカーに乗せ直して門へと向かう。自動車を見られたくないからだ。

リヤカーは電動式なので、『魔導器創造』スキルで作ることができた。

『身体強化薬』で力もアップしているので、乗せ換えもなんとかなった。

門を通るときは、森から持ってきていた草葉で狼を覆い隠した。リーヴェのことは門番もよく知っていたので、積んであるのは調合の材料と伝えたらそのまま通してもらえた。

まあ大きなリヤカーを引いていることには少々驚かれたが。

そして無事家まで到着し、狼をリーヴェのベッドに寝かせる。

ここまで来ても、まだ狼は目覚めなかった。

（お願い目を覚まして。また元気な姿を私に見せて……）

リーヴェは祈りながら狼の体を撫でる。まるで死んだように眠り続けるが、体温が温かいのだけは救いだった。

生きている限りは目を覚ます可能性があるんだ——リーヴェは自分をそう勇気づける。

そしてもう一つ、リーヴェは新たな決意をする。

今回自分は、森の奥で待ち伏せをされていた。

こんなことまでしてくる以上、たとえあの森に行かなくても、いずれ殺し屋は自分の目の前に現れていたはず。

死んだガズルの持ち物を少し調べてみたが、アトレチオとの繋がりに関するものは持ち歩いていないようだった。

プロの殺し屋だけに、そういう証拠を残さないのは当然だ。つまり、アトレチオを逮捕することは叶わず、これからもリーヴェへの攻撃は続くに違いない。

警戒するだけではもう対処するのは難しくなってきた。

ずっと怯えて生きていくわけにもいかない。大切なものも失いたくない。

そのためには、自分がもっともっと強くなるしかない。

そう、誰にも負けないくらいに……！

時間はあまりない。差し向けた殺し屋が死んだことに、アトレチオもほどなく気付くだろう。

そうなれば、次にいつ襲われるか分からない。

一刻も早く、自分をパワーアップさせなければ！

森から帰ってきたところだが、すぐにリーヴェは準備を整える。

明日、自分を大きく成長させるために……

☆

リーヴェが現在住んでいるユーディス国は、この異世界《アウグリウム》の北部西側にある。

ここより北にはもう国はなく、人の住めるような場所すらなかった。暗黒の大地がただ広がっているだけである。

本日リーヴェは早朝からバイクで五時間、その北へ向かって移動していた。

現在昼の十二時。帰ることも考えると、これ以上移動で時間を取られるわけにはいかない。

リーヴェは適当な場所を見つけてバイクを停車し、アイテムボックスに収納する。

ちなみに、狼はまだ寝たままだった。

体には何も問題はないのに、ただ呼吸をするだけの存在。

このまま永遠に目が覚めないかもしれない――それを考える度、リーヴェの胸はギュッと締めつけられるように痛む。

そんな暗い不安を頭から振り払いながら、リーヴェは黙々と今日の目的の準備をした。

「よし、できた。あとは計算通り上手くいくか……」

リーヴェはアイテムボックスに入れて持ってきた『大型魔導器』の設置を終えて、北の空を眺める。

理論的には問題ないはずだ。

ただ今回の実験は、今までとは比較にならないほど危険だった。

そもそも一個人である自分がこんなことをやっていいものかどうか、倫理的にもリーヴェを悩ませた。でもここに来るまでに、すでにリーヴェは決心してきたのだ。

自分は絶対に強くなる。もう誰も犠牲にしたくない。

そのためには、この世界の誰にも負けないくらいの強さを手に入れる。

「ふう……大丈夫、絶対成功する。神様、もう一度だけ力を貸して」

狼の命を救ったときのように、リーヴェは神に向かって祈りを捧げる。

そして掛け声とともに、大型魔導器のスイッチを押した。

「発射《ファイア》っ！」

ドドドドドド……バッッッシュオオオオオオオォォォォォォォォ〜ッ！


無人の地――北の大地目掛けて全長七メートルのミサイルが放たれる。

そう、リーヴェが持ってきたのは、小型の『短距離弾道ミサイル《SRBM》』だった。

とはいえ、いくらリーヴェでも完全再現はできなかったので、誘導装置は付いていない。よって、命中精度は無視した、ただ遠くへ飛ばすだけのミサイル（ロケット弾）である。

ただし、弾頭にはとんでもないものが詰められているが。

それは反物質である『反水素』だ。

そう。リーヴェが放ったのは、対消滅爆弾だった。

リーヴェは何かに利用できるかもしれないと、実験で作った反水素をアイテムボックスに保管していた（普段リーヴェが使用しているアイテムボックスとは別のもの）。

反物質の保管は非常に困難で、磁力を利用した真空保存でも長期の保管は難しいが、アイテムボックスなら反物質といえども安定保存が可能だった。

アイテムボックスの中は時間が停止しているうえ、ほかに物質を入れなければ対消滅することもない。

まさに保管庫に最適だ。

収納している反水素の量は百グラム。これが着弾とともにアイテムボックスから放たれ、通常物質と対消滅することになる。

対消滅におけるエネルギーの変換効率はほぼ百パーセントなため、その推定威力は、熱量換算でおよそ一・八京《けい》ジュールほど。

こんなものを発射するなど、まさに狂気の所業。

この異世界では対消滅によって『時空重力子《クロノグラビトン》』も発生するので、そのとてつもない破壊力がどれほどのものになるか、リーヴェでも予測が難しかった。

よって、人類に被害が及ばないよう、リーヴェはなるべく遠くを狙うためにバイクで移動してから撃ったのだった。

ミサイルの飛行距離はおよそ八百キロメートル。

その人跡未踏《じんせきみとう》の大地へミサイルが着弾し、遙かな北の空が激しく発光した。

「どう……？　上手くいったかしら？」

リーヴェにはコツコツとレベルアップしている暇はなかった。

だから、人類のいない場所に爆弾を撃ち込んで、そこにいるモンスターをまとめて退治して、大量経験値を入手する計画を立てた。

人類がまるで住めない不毛な大地なので、そんな場所にどの程度モンスターがいるかは分からないが、爆撃範囲がめちゃくちゃ広いだけにそれなりに殺傷できるはずだ。

光速と音速の関係上、爆発音はまだまだここまで届かないため、不気味な静寂がこの場に続く。

そして突然、リーヴェの体に異変が起こった。

ピロリロリロリロロロロロロロロロロロロロロロロロロロロロロロロロロロロロロロロロロロロ
ロロ
ロロロロロロロロロロロロロロロロロロロロロロロロロロロロロロロロ……

「なっ、なんにゃこれ……!?」

リーヴェの体内にレベルアップを知らせる音が連続して響き、そして電流が流れたように筋肉が収縮して動けなくなる。

リーヴェは立っていられず、そのまま顔面から地面に倒れ込む。

「もぎゅっ、う……動けない……わ、私、何か変なことしちゃった?」

リーヴェの体は痙攣《けいれん》するように小刻みに振動し、硬直し続ける。

そして気のせいか、ピロロロの音も加速していく。

(やばい……これ、体が、おかしい、私……死んじゃううぅっ…………)

全身の細胞が違う何かへ、凄まじい勢いで変化していくような異質な感覚。

その衝撃に耐えられず、うつぶせに倒れたままリーヴェは気絶した。

☆

（う……うう〜ん……）

地面に倒れて気を失っていたリーヴェに、徐々に意識が戻ってくる。

（わ……私、何してたんだっけ……あ、なにこれ？　ペッペッ）

自分の顔が土まみれなことに気付き、顔を拭きながら口の中に入っていた土を吐き出す。

そして倒れていた上半身を起こし、辺りを見回した。

（えっと、なんだっけ？　私、何しにこんなところに来たんだっけ……？）

なんとなく大切な目的があってここまで来たことは分かるのだが、その目的がなんだったのかがなかなか思い出せない。

こんな何もない場所に、自分はいったい何をしに来たのか？

（……そうだ！　自分は強くなりに来たんだった！　それで反物質爆弾を撃って……ああ、なんか変なことになったんだっけ!?）

ようやく少しずつ思い出してきたが、それでもまだ頭の中にモヤがかかったような状態だ。

なんだか記憶が不鮮明で、体も異常にだるい。どうにも現実感がなく、まだ夢の中にいるような気分だ。

とりあえず、リーヴェは立ち上がり、体や服に付いた土を手で払い落とす。

そして、こんな場所で気絶して、モンスターに襲われなくて本当に良かったと安堵したところで……

（何よあれっ⁉）

少し離れた場所に、凶悪な姿をした巨大なモンスターが倒れていることに気が付いたのだ。

恐らく、トロールだろう。地球の伝承にも出てくる存在なので、リーヴェも知っていた。

ピクリとも動かないところを見ると、完全に死んでいるようだ。

よく見ると、周りのあちこちに巨大なモンスターの死体が転がっていた。

地球でも知られているスフィンクスや半人半蛇のナーガ、サーベルタイガーを三倍くらい大きくしたような猫型の獣や、サイのような角のある大型獣、十メートル以上ある巨大なムカデに、キングコングみたいな猿型モンスターまで。

ほかにもなんだか色々たくさんいる。その全部が、一撃で殺されたような死に方をしていた。

もちろん、反物質爆弾の威力がここまで届くことはまずありえない。

何をどうすればこんな状況になるのか、リーヴェはイマイチ本調子にならない頭脳を必死に回転させる。

「ちょ……どういうことなの？　…………まさか⁉」

リーヴェは自分の想像に思わず舞い上がる。

こんなことができるとしたら、あの狼しかいない。

あれから無事目を覚まして、また自分を助けにここまで来てくれたのだ！

何故この場にいないのかが分からないが、そういえば自分が最初に助けたときも、あの狼は何も言わずに去ってしまった。

シャイな子なのかもしれないと、リーヴェは勝手に決めつけて浮かれる。

あの子が意識を取り戻したなら帰ろう。どこにいるのか分からないが、きっとまた会える。

ひょっとしたら、先に帰って家で待ってるのかもしれない。

……そこまで考えてから、ふと時計を見て時間を確認する。

(ぎゃああっ、しまった、もう午後四時を過ぎてるじゃないの⁉)

確か爆弾を撃ったのは昼頃だったので、四時間も気を失っていたらしい。

王都からここまでバイクで五時間かかっている。このままでは、到着する前に辺りは真っ暗になってしまうだろう。

そんなことになっては、いくら現代武器を揃えているリーヴェでも危険だ。

(まずい！　今すぐ帰らないと！　え～っと、そう、バイク使わなきゃ！)

思わず駆け出しそうになったあと、自分の足じゃなくてバイクに乗らなくては、とリーヴェはアイテムボックスからバイクを取り出す。

まだちゃんと覚醒できてないのか、どうも頭がぼーっとして的確な行動が取れない。

リーヴェらしからぬ状況だが、とにかく今は一刻も早く王都に帰ることが先決だ。

リーヴェは急いでバイクにまたがると、半泣きになりながらアクセル全開で走り出した。

休みなくバイクをぶっ飛ばし続けたので、夜七時過ぎに王都へ到着することができた。

辺りはかなり暗くなっていたが、夜のモンスターが徘徊するにはまだ少し早い時間だ。

おかげで、なんとか無事に帰ってこられたのだった。

リーヴェはそのまま家路につく。

(あの子……この辺にまた戻ってきてないかしら?)

目覚めてから自分を助けに来てくれたあと、狼がどこに行ってしまったのかが分からない。

無事ならばそれでいいのだが、リーヴェとしてはやはりもう一度会いたかった。

会ってちゃんとお礼をしたい。

あの子さえ良ければ、自分と一緒に家で暮らしてもらいたい。

異世界に来て初めてパートナーができた気がするので、リーヴェはこのままお別れするのは寂しかった。

家の前に着き、玄関のノブを回してドアを開ける。

すると、あの狼がリーヴェを出迎えるように、そこにお座りしていたのだった。

「あ、あなた……帰ってきてくれたのね!」

リーヴェは狼の無事な姿を見て歓喜し、すぐさま飛び込んでその大きな体に抱きつく。

やはり、気絶している間に自分を助けてくれたのはこの子だと確信する。

そのあと、狼は先に帰って家で待っていてくれたのだ。

それなら一緒に帰れば良かったのにと思うが、リーヴェが気絶していて起きなかったため、先に自分だけで帰ってきたのかもしれない。

「さっき私を助けてくれたの、あなたでしょ？　二回も助けてくれてありがとう」

リーヴェは涙を拭《ぬぐ》いながら狼に向かってお礼を言う。

人間の言葉なんてもちろん分からないだろうが、これは気持ちの問題だ。こうして心を込めてお礼を言いたかったのだ。

だが当の狼は、なんのことかとわけが分からないという表情をしている。

そんな仕草もとても可愛らしく感じる。

少し不思議なのは、狼はどうやって王都の門を通ったのかということ。まあ門ではなく、人間の知らないところから勝手に出入りしているのかもしれないが。

この家への出入りも不思議だ。この狼はドアを自分で開けたのだろうか。

家を壊したようなところも見当たらないので、そうとしか考えられなかった。

なんてお利口な狼なんだろうかと、リーヴェは抱きしめている腕に思わず力を入れる。

「ヴゲオグオウウウッ！」

……と、狼はカエルが踏み潰されたような声を上げた。

そしてリーヴェから無理矢理離れ、部屋の隅でゲホゲホと咳き込んでいる。

どことなく恐怖に怯えているように見えるのは何故だろう？

「何よ、大げさな子ね。せっかく私が喜んでるのに」

リーヴェは口をとがらせ、両手を腰に当てて不満を表した。

動物には人間の愛情がなかなか伝わらないものだと、ちょっとガッカリする。

それにしても、意識が戻るのにこれほど時間がかかるとは……

肉体の損傷と違って、魂の修復には時間が必要なのかもしれないとリーヴェは推測する。あのときリーヴェが時間をロスした影響もあったのかもしれない。

なんにせよ、目が覚めてくれて本当に良かった、とリーヴェは心から安堵した。

「ねえ、私と一緒にここに住みましょうよ。ちゃんとご飯も用意してあげるから！」

リーヴェは隅にいる狼に近付き、やさしくまた話しかける。

ここに戻ってきてくれたということは、この狼も行くところがないのだろう。それなら、このまま一緒に暮らせばいい。

あとはリーヴェのこの気持ちが伝わるかどうかだ。

「私はリーヴェ。一緒に住むならあなたの名前を決めないとね……『ポチ』っていうのはどう？」

壊滅的なネーミングセンスだった。

そもそもリーヴェは、自分の名前も『ルルーシア・フランチェス・ドゥ・ノーティ・ギュンダーランド・メル・ハイデンバーグ』にしようと考えていたくらいだ。

ポチと言われて、狼は心底嫌そうな顔をしている。

「何よその顔、失礼な子ね」

さっきからの狼の反応を見て、リーヴェはなんとなく言葉が通じているような気になってきた。

この子ってば、めちゃくちゃ頭がいいんじゃない？

そう思うと、同居生活がすごく楽しみになってきた。

「あれ……ひょっとして、私ってちょっと臭い？」

何やら妙な匂いがするので、リーヴェはクンクンと鼻を鳴らして嗅いでみると、自分がとても汗臭いことに気付いた。

汗以外にも、何やら悪臭を放っているような気がする。

外にいるときは帰るのに必死すぎて分からなかったが、状況が落ちついて気付いた。

気を失っている間に、辺りの変な匂いでも染みついちゃったのだろうか。さっき狼が自分から逃げたのも、臭くて嫌だったからかもしれない。

「ごめんね、私臭くて。ちょっとお風呂に入ってくるわ！」

狼にそう宣言して、リーヴェは風呂場に向かおうとする。

と、一歩歩いたところで振り返って、もう一度狼に話しかけた。

「すぐに出るからそこで待っててね。家から出ていっちゃ嫌よ！　お互い無事だったお祝いをするんだから！」

狼が分かった、という感じで頷いたので、リーヴェは安心して風呂に入りに行った。

☆

「はぁーいポチちゃん、お姉ちゃんはお風呂から上がったわよ～っ！」

風呂から出たあと、リーヴェはご機嫌で部屋に戻ってきた。

お姉ちゃんなどと言っているが、リーヴェの外見はどう見ても中学生くらいで、狼のほうがよっぽど大きいのだが。

ちゃんと大人しく待っていた狼を見てリーヴェは一安心するが、狼のほうは、リーヴェの姿を見ると飛び上がって部屋の隅に逃げていく。

そう、リーヴェは服を着ず、タオル一枚でこの場に入ってきたのだ。

「何よポチ、もう臭くないわよ。ホラ！」

そう言って豪快に両手を広げて、リーヴェは狼に迫っていった。

ちなみに、名前は『ポチ』で決定してしまったようである。

そのポチは、リーヴェから逃げるように部屋を駆けずり回り、終いには壁にお腹をペタリとつけるような格好でリーヴェを見ないようにしていた。

「ひょっとして恥ずかしがってるの？　狼のくせに変な子。ほら、私綺麗になったから、もう抱きついても臭くないでしょ？」

リーヴェは壁に張り付いているポチに近付き、後ろからギュッと抱きしめる。

「あ〜、もふもふが超気持ちいい〜っ！」

リーヴェが全身でモフモフを味わいながらポチの毛にほおずりをしていると、突然そのふっかふかの感触が消えて、ゴツンと硬いものに当たった。

いったい何が起きたのかとポチから体を離してみると……

「ア、ア、アンタ……シアンっ⁉」

リーヴェの目の前には、あの獣人シアンが立っていたのだった。

七．異世界救ってました

「ななななんでシアンがここにいるの!?　わ、私のポチをどこにやったのよっ！」

ポチ――リーヴェの大切な狼が消えたと思ったら、代わりにシアンが現れた。

そのことに対し、リーヴェはわけも分からず大声で怒鳴りつける。

せっかく見つけた愛しいパートナーが突然消えてしまったのだ。それはどう考えてもこのシアンの仕業《しわざ》で、答えによってはぶっ飛ばすのも辞さない思いである。

「オレはポチじゃない！　勝手に名前をつけるな！」

「アンタなに言ってんの!?　ポチをどこにやったか聞いてんのよ！　ポチを返しなさい。さもないと痛い目見るわよ。超本気だからね」

「オレがその『ポチ』なんだって！　いや、ポチじゃないけどな」

ダメだこいつ、会話が噛み合わない。

いなくなったポチを一刻も早く助けるため、リーヴェの体から殺意が噴き出した。

「ま、待て！　いいか、これを見ろ！」

シアンはそう言うと、全身に力を入れた。

すると、着ていた服が消え、代わりに灰色の体毛がモサモサと伸び始める。

「ちょっ、えっ⁉　なに……これ……⁉」

筋肉もモリモリ膨らんで、大きな体格がさらに巨大化していく。人間だった顔は顎《あご》が突き出していき、体も四足歩行を得意とする獣のような体型に変化する。

そして、あっという間にリーヴェの愛するポチになったのだった。

リーヴェが言葉も出ないほど驚愕している中、ポチはすぐにまたシアンの姿に戻った。

「な、分かっただろ⁉　オレがポチ……じゃなくて狼なんだよ！」

今の一連のことを見ていたリーヴェが、その現実を受け止められずに放心状態となる。

思考回路は完全にショートした。

何も考えられない……というか考えたくない。

呆然となったまましばらく立ち尽くしていたリーヴェのほおに、涙がつ～と流れた。

そしてひとこと。

「アタシのポチをかえしてえ゛え゛え゛え゛えええぇぇぇぇ……」

リーヴェは完全にパニックになっていた。

あの可愛かった狼がシアンになったのだ。これから始まるポチとの共同生活、二人で野山を駆け巡る楽しい日々――リーヴェが思い描いていたそんな未来が、全て吹っ飛んでしまった。

これは夢に違いない。自分は気絶してからきっとまだ目覚めていないんだ。

この悪夢が早く醒めてほしいと、リーヴェは心の底から神に願う。

「そんなこと言われてもオレがポチ……っていうか、お前いい加減服を着ろよ！」

リーヴェがはだけかけのタオル一枚のまま号泣しているので、シアンは手で自分の目を覆う。

精神が崩壊状態となっているリーヴェからは、もはや羞恥心などはすっかり消え去っていた。

わんわんと泣き続けるリーヴェにシアンがほとほと困り果てている中、強烈な殺気が近付いてきていることにシアンは気付く。

「おい、泣くのはあとだ！　この家に誰か近付くヤツがいる。凄まじい殺気だ」

「えっ、殺気!?　まさか……!?」

思いもよらないことが次々と起こって錯乱していたリーヴェだが、今の言葉でようやく冷静さを取り戻した。

夜中にこんなところまで来るのだから、狙いはリーヴェだろう。ガズルがやられたことに気付いて、次の殺し屋がやってきたに違いない。

ポチについて考えるのはいったん休止。

リーヴェはすぐに服を着て、シアンとともに家の外に出た。

☆

「本当に誰か来てるの？」

「ああ、もちろん。あっちからだ、気を抜くなよ！」

家の外に出たリーヴェが、隣に立つシアンに尋ねる。

現在夜の十時。

リーヴェの家は周囲に何もない場所にポツンと建っているため、見通しはかなりいいのだが、月明かり程度の明るさではリーヴェには何も確認できなかった。

リーヴェは『身体強化薬』を飲んで気配感知能力も鋭くなっているが、相手が凄腕殺し屋では、かなり接近しない限りその存在を感知できない。

だが、シアンには相手の位置が分かっているようで、接近してくる方向に向かって警戒をする。

「ほら、おいでなすった。あそこにいるぞ」

「えっどこ？　全然見えないわよ!?」

シアンは気配感知が鋭いだけでなく、視覚も嗅覚も人間離れしていた。こんな暗い中でも、昼のように見ることができている。

ただ、それは相手も同じで、この世界の強者たちは皆『暗視』という闇を見通せるスキルを持っている。

リーヴェも冒険者になって経験を積めば、スキルなどを覚えて五感が鍛えられたりするが、現時点では一般人とあまり変わらなかった。

接近者はリーヴェたちが待ち受けていることに気付きながらも、恐れることなく身を隠さずに堂々と近付いてくる。

まあ隠れるような場所もないのだが。

そして、リーヴェにもようやく見える距離まで来たところで言葉を発した。

「オレの気配にこうも簡単に気付くとは……ここまでの相手とは、依頼では聞いてなかったぞ」

その声を聞いて、リーヴェは何か不可思議な感覚を覚えた。

どこかで聞いた……いや、気のせいなんかじゃない。

今の声は……！

「ア、アンタはガズルっ⁉」

月明かりの下、相手の顔がハッキリ見えたところでリーヴェは驚愕する。

死んだはずの殺し屋ガズルがそこに立っていたのだ。

いや、あのときガズルは絶対に死んでいた。動揺していたとはいえ、リーヴェはきっちり確認している。

ならば、まさかガズルも『女神の恩寵《グレイス・オブ・ゴッデス》』で生き返ったのか⁉

せっかく死闘を生き延びたのに、ここでもう一度繰り返すことになろうとは……！

「兄貴を知っているということは、やはりお前たちに殺《や》られてしまったということか。兄貴ほどの男が、まさか返り討ちに遭うとはな……」

「あ、兄っ⁉　アンタ、アイツの弟なの⁉」

男の言葉を聞いて、リーヴェも真実を理解する。

よく見れば、確かにガズルとは少し髪型が違う。ガズルよりも短く、後ろで結んではいない。

着けている装備も別で、この男は帯剣していなかった。その代わり、鞭のようなものを両腰に着けている。

やはりガズルは死んでいた。

この男は、兄の仇討ちに来たということだ。

「オレは双鞭《そうべん》のビズル。お前たちの命をもらいに来た」

この男ビズルは、『双剣のガズル』の双子の弟だった。

アトレチオから依頼を受けたわけだが、女一人を二人がかりで殺《や》るまでもないと、兄の帰りを王都で待っていた。

しかし、いつまで経っても兄が帰ってこない。

まさかと思い、翌日王都の門を見張っていたところ、リーヴェが夜七時過ぎに帰ってきたのを目撃する。

それと同時に、リーヴェ《ターゲット》が生きていることから、兄ガズルの失敗を悟った。

兄の襲撃から逃れた女だ。ただ者ではない。

ビズルはリーヴェのことを警戒しながら尾行し、家の場所を突き止めた。

普段のリーヴェなら尾行されないよう厳重に警戒するのだが、今回だけは気が緩んでいた。気絶から目覚めて以降、どうにも頭がぼーっとして思考が鈍《にぶ》かったからだ。

そしてビズルはこの時間まで待ってから、ここにやって来たのだった。

「ガズ・ビズ兄弟か……道理で手強《てごわ》かったわけだぜ」

「ほほう、オレたち兄弟を知っているということは、お前も裏の世界の人間だな？」

「へっ、今度はやられねーぞ」

そう言うと、シアンが狼へと変身した。

この姿が、シアンの本気の戦闘スタイルだった。

「ぬっ、人狼《ワーウルフ》かっ⁉　その姿、まさかお前『朧の灰狼《グレイゴースト》』か⁉」

ビズルが狼状態のシアンを見て、その正体に気付く。

実はシアンは人間種ではなく『妖魔』という種族で、その中でも『人狼《ワーウルフ》』という、人の姿になれる狼だった。

外見は獣人とよく似ているが、絶対的な違いとして、獣人は獣の姿にはなれない。変身できるのは『妖魔』だけだ。

その『妖魔』たちを狩って金に換える存在――『妖魔ハンター』というのがいて、シアンはその賞金首となっていた。

これは表の世界ではあまり知られていないことだったが、ビズルは裏の世界に生きている者ゆえにシアンのことを知っていた。

戦闘状態となったシアンを見て、ビズルも腰の両鞭を抜く。兄ガズルの双剣のように、ビズルも両手で鞭を操るようだ。

「むんっ」

「グルルッ！」

ビズルの鞭が、うなりを上げてシアンに襲いかかる。

シアンはそれを瞬時に飛び退《の》いて躱《かわ》す。

凄腕殺し屋であるビズルの鞭の先端は、音速を遥かに超える。それを二本、まるで生き物のように自在に操るが、シアンはその攻撃を素早く躱《かわ》していく。

ビズルの実力はSランク冒険者の上位にも匹敵するが、シアンも同等の強さを持っていた。

「この強さ……なるほど、兄貴はお前にやられたということか。だがオレは接近せずにお前と戦える。兄貴の仇、討たせてもらうぞ」

自らの体が武器であるシアンにとって、鞭で距離を取るビズルとの戦闘の相性は悪かった。

鞭の動きがさらに激しくなり、さすがのシアンも躱《かわ》すのが難しくなってくる。

そして鞭の先端がシアンの左前足を捕らえ、グルグルと巻きついた。

「それっ！」

「グアウッ！」

ビズルが鞭を素早く引く。

鞭の先端は刃のように鋭い斬れ味となっており、そのままではシアンの足は斬り落とされてしまう。

よって、シアンは足を守るため、自分から鞭の勢いを殺す方向へと飛んだ。

なんとか鞭は外れたが、シアンは足を負傷したうえ、離れた場所にゴロゴロと転がってしまう。

「ふん、お前はあとで始末してやる。まずは女を殺《や》るからそこで見ているがいい」

倒れているシアンにそう言うと、ビズルはリーヴェに向かって駆け出す。

それを今度はリーヴェが迎え撃つ。

シアンがいたため迂闊《うかつ》に拳銃を使えなかったが、離れたので遠慮なくビズルに向かって撃ち込んだ。

しかし、兄のガズル同様、ビズルも弾丸を避けていく。

「このクラスのヤツらには、銃が効かないの⁉」

またしてものピンチに恐怖するリーヴェ。

そしてビズルの鞭が銃に巻き付き、払い落とされてしまう。

「これでもうお前はただの女だ。死ね」

直後、棒立ちとなったリーヴェの首と体に、二本の鞭が巻きついた。

まさに絶体絶命。刃のような鞭によって、リーヴェの細首は簡単に切断されてしまうだろう。

ビズルは躊躇《ちゅうちょ》なく、すかさず巻きついている鞭を引く。

リーヴェを助けようとシアンが猛スピードで飛び込んでくるが、残念ながら間に合うタイミングではない。

憐《あわ》れ、鞭の刃によってリーヴェの首と体はバラバラに…………ならなかった。

ビリビリリビリビリリッ！

リーヴェの体には傷一つ付くことなく、着ていた服のみが綺麗に引き裂かれてしまった。

羞恥心の薄いリーヴェではあるが、男に無理やり服を引き裂かれて黙っているような女ではない。

「なにすんのよおおおおおおおおおおおっ‼」

バッシューーーーーーーーーーーーーーーーーーーーン…………

リーヴェのビンタにより、ビズルは声一つ発するヒマもなく、左上方三十度の方向に秒速六千八百メートル（マッハ二十）で飛んでいった。

頭部が破裂したり、首がもげなかったのが不思議なくらいだ。

とはいえ、当然即死しているが。

凄腕殺し屋のあっけない最期《さいご》だった。

ちなみに、リーヴェがビズルに接近した速度はマッハ十である。

リーヴェが超音速で動いたことにより衝撃波《ソニックブーム》が発生していたが、幸い周りには何もなく、そしてリーヴェの家と廃材置き場は真後ろだったため、被害を受けたものはなかった。

今の光景を見たシアンは、狼の姿のまま、口をこれでもかと大きく開けて硬直している。

当の本人であるリーヴェも、何が起こったのかよく分かっていなかった。

ビズルが飛んでいった方向を呆然と見続けたあと、ふとリーヴェが我に返る。

「……そうだ、私ってば、レベルが上がったことをすっかり忘れてた！」

今頃になって、リーヴェは自分がレベルアップしたことを思い出す。

何せ、今日一日様々なことが目まぐるしく起こったので、ステータスのことなどすっかり頭から飛んでいた。

気絶から目覚めたときは、無事王都に帰ることに必死だったし、帰ってきてからはシアンのことで色々あった。

それに、リーヴェの頭の中はずっとモヤがかかっているような状態だったので、イマイチ冷静な判断もできなかった。

その思考能力が鈍《にぶ》った原因こそ、このレベルアップなのだった。

「な、なに……これ!?」

自分のステータスを確認したリーヴェが、思わず変な声を出す。

何故なら、ステータスの表示が全部バグっていたからだ。

まずレベルの数値からヘンテコな文字になっていて、自分の現在レベルが分からない。レベル100以上の冒険者がいることを考えると、三桁までは問題なく表示されるので、リーヴェがレベル1000以上なのは確定だが。

筋力や体力などのステータス数値も、まるでデタラメな文字になっている。いったいどれくらいの強さなのか、全然確認できない状態だった。

そう、リーヴェは反物質爆弾により、文字通りケタ外れにレベルアップしていた。

実はリーヴェがミサイルで狙った場所――その人跡《じんせき》未踏《みとう》の地には、なんと魔王軍の本拠地があったのである。

すでに魔王は復活を遂《と》げていて、そこに大軍勢を集めていたのだ。

これは本当に偶然ではあるが、単なるラッキーだけではない。

魔王は復活する度、完全に力を取り戻す前に人間に攻め込まれていたため、今回の本拠地は人類が来られないようなところを選んだ。

そこで人間に邪魔されることなくじっくりと自身の力を溜め、そして魔王軍全体の戦力も拡大する——つまり、それがあの場所であって、同じようにリーヴェも人の行かない場所を選んだので、上手いこと一致してしまった。

反物質爆弾の殺傷範囲は直径百キロメートル。その中心地には、半球状に深さ一万メートルのクレーターができていた。

これは対消滅で発生した『時空重力子《クロノグラビトン》』の仕業《しわざ》で、魔王城や悪魔たちを含めた周りのものを全部呑み込んでそのまま消滅している。

犠牲になったのは、三十万を超える悪魔の大軍団。

それに加え、復活したこの世界の魔王と配下の将軍たち。

そして、その魔王と将軍たちが召喚した、異世界の魔王七人。

魔王は、異世界から召喚されてくる『勇者』たちに対抗するため、密《ひそ》かに召喚技術を研究していた。

その成果が今回実り、自分と同ランクの魔王を異世界から七人召喚したのだった。

この魔王たちの強さは、召喚された勇者たちが力を合わせて一人ずつ倒していかなければならないくらいの強敵だ。

さらには、魔王軍は『異界の魔神』の召喚にも成功していた。魔神については、人類ではおよそ勝てないほどの存在である。

この過去最大の大軍勢をもって、人類を完膚《かんぷ》なきまでに滅ぼす予定だった。

それを、まとめてリーヴェが倒してしまったのだ。

ドンピシャで直撃してしまったのは魔王軍にとって不運ではあるが、日頃の行いが悪いから、そういう運命を呼び込んだのかもしれない。

もしくは、神のイタズラとでもいったところか。

はからずも、『勇者』たちが始動する前に、リーヴェが異世界を救ってしまったのだった。

このことによってリーヴェは大量の経験値を獲得できたわけだが、ただそのままもらったわけではなかった。

倒した敵の種類や倒し方などによって、経験値の取得に『ボーナス補正』がかかるからだ。

まず、自分よりも格上の敵を倒すと、『番狂わせ《ジャイアントキリング》』ボーナスがもらえる。

自身が弱ければ弱いほど、そして敵が強ければ強いほど、相手を倒したときに経験値取得倍率が上がる。リーヴェの場合は、まだEランク程度のレベルで魔王軍団をまとめて倒したので、とんでもない倍率となっていた。

本来ならラスボスである『魔王』も今回は計八人いたため、倒した数における補正もかかることに。

リーヴェはたった一人で魔王全員を倒したので、特別コンプリートボーナスが付いた。

それに加え、超破壊兵器による、オーバーキルを超えた『スーパーオーバーキル』状態だったので、これも大きなボーナス補正がかかった。

さらには単独で魔神を倒したので、『魔神殺しの英雄《ゴッドスレイヤー》』ボーナスも付いている。

これら全てを計算した総取得経験値は、もはや天文学的な数値となっていた。

こんなことは通常絶対にありえないので、リーヴェのレベルは完全にバグってしまったのだった。

喚《よ》ばれてすぐに殺された異世界の魔王や魔神は、本当に不憫としか言いようがない。

魔王を倒したことについてはリーヴェも気付いていないが、自分がケタ外れに強くなったことは理解した。

実はリーヴェが気絶していたときも、周囲のモンスターを倒したのはシアンではなく、リーヴェ自身だった。

リーヴェを食い物だと思ってガジガジ噛んできたモンスターたちを、気絶したまま無意識に手で追い払っただけで死んだのである。

なお、リーヴェの体が異常に臭かったのは、このときに付着したモンスターの唾液が原因だ。

ちなみに、強くなったリーヴェが常時怪力というわけではない。

普通に力を入れる分には通常と変わらない程度なのだが、あるラインを超えて強めに入れると、一気に超パワーとなってしまう。パワーの上がり方が二次曲線のような感じだ。

シアンがリーヴェの怪力に殺されなかったのはこれが理由だった。

スピードなども同じで、ちょっと軽く走る分には問題ないが、ダッシュしようとすると一気に音速《マッハ》を超えてしまう。

殺し屋ビズルについても、リーヴェは一応殺すつもりはなかったのだが、うっかり超パワーのビンタになってしまったということだ。


リーヴェがこれまでに起こった状況をだいたい理解したところで、人間の姿に戻ったシアンが頭をかきながら近付いてきた。

「はぁ〜。お前、こんなに強かったのかよ……なんか命懸けで守って損した気分だぜ」

シアンがぼそっと不満を漏らす。

実際シアンは一度死んでいるだけに、ちょっと納得がいかないところだろう。自分が必死に守ろうとした女は、自分の助けなどまったく必要ないくらい強かったのだから。

そんなシアンに向いて、リーヴェがイタズラっぽく笑いながらお願いをする。

「ねえ、またワンちゃんに戻ってよ」

「ワンちゃ……オレは犬じゃねえっ、狼だ！」

「いいからいいから！」

リーヴェに頼まれて、シアンは渋々狼の姿にまた変身した。

その体に、リーヴェがやさしく抱きつく。

「んん〜もふもふ〜！」

成人男性の姿をされていると、リーヴェとしても抱きつきづらかった。

事の真相を知らないシアンは愚痴を言ったが、森で絶体絶命だったリーヴェを救ってくれたのは間違いなくシアンだ。

だから、お礼を込めて抱きついたのだ。

（あなたのおかげで私は生きてる。本当にとても幸せな気分よ）

さっきまでの憎まれ口とは違って、リーヴェは素直に心の中で感謝した。

ただ、何故か悔しい気がして、口には出せなかった。

狼となったシアンは、照れているのか困っているのか、よく分からないような複雑な表情を浮かべつつリーヴェにされるがままなのだった……

第四章　対決

一．新しいスタート

「おーいリーヴェ、メシができたぞーっ！」

キッチンから叫んだシアンの声が、研究室にいるリーヴェのところまで聞こえてくる。

「分かった。今行くからちょっと待ってて！」

リーヴェはそれに返事をし、実験を一時中断してダイニングに向かう。

ドアを開けると、ちょうどシアンがテーブルに料理を並べているところだった。

「ほれ、お前が言ってたオムライスってのはこんな感じか？」

「そう！　アンタ天才ね、本当に料理上手だわ！」

リーヴェがシアンに教えるため、自分で作ったオムライスはダメな出来だったが、シアンはそれを想像だけで理解し、リーヴェの望み通りに完璧に再現した。

シアンは嗅覚が鋭いせいか、火加減や味の濃淡などの調理加減が上手かった。

そのうえ、ぶっきらぼうな性格からは想像ができないほど、手先がとても器用だった。

二人でテーブルについて、いただきますを言ってから食事をし始める。

シアンは『妖魔』に属する『人狼《ワーウルフ》』という種族だが、食べるものは人間とほぼ変わらない。まあ手間をかけずに動物の生肉を貪《むさぼ》ることもあるが、シアンは『人狼《ワーウルフ》』の中でもグルメなほうだった。

ビズルを撃退したあと、シアンはリーヴェのそばに住むことにした。

シアンの気配感知能力は、刺客《しかく》に狙われているリーヴェとしてはとてもありがたいので、行くところがないならここに腰を据えてはどうかと誘ってみたのだ。

追われる身であるシアンは、キリのいいところで王都を離れようと思っていたらしい。だが、リーヴェに正体を知られてしまったし、しばらくここで暮らしてもいいかなと思ったようだ。

とはいえ、一応リーヴェは女性なので、一つ屋根の下で暮らすというわけにはいかない。

よって、リーヴェの家の隣に突貫工事でプレハブ小屋を建て、シアンにはそこに住んでもらうことにした。

生活について色々とリーヴェが力を貸す代わりに、料理上手なシアンには食事の用意をお願いしている。

「言っておくけど、夜中に襲いに来たら許さないからね」

「お前なんか襲うか！　殺されちまうぜ」

シアンの答えを聞いて、狼のクセに意外と意気地がないかも？　と、リーヴェはちょっと考えてしまった。

別に襲いに来てほしいわけではないが、なんとなく女性としての魅力を否定されたようで悔しくなる。

まあ外見は少女なのだが。

そもそもシアンは、リーヴェに魅力がないから襲わないのではなく、命の危険があるから安易に手は出せないと言ってるわけだが、その辺りのことは男女の機微に疎《うと》いリーヴェは分かっていないようだ。

そのシアンの素性だが、本名はシアン・グリーズ。見た目こそ二十代半ばではあるが、『人狼《ワーウルフ》』としてすでに百二十年生きている。

獣人と外見上はよく似ている『人狼《ワーウルフ》』だが、大きな違いは、巨大な狼に変身できること。

リーヴェはこの世界の生物についてある程度知識を身につけたが、『妖魔』などについてはまだ知らないことが多かったので、巨大狼を見ても『人狼《ワーウルフ》』と気付くことはなかった。

そんなシアンだが、彼は昔から人間の世界に興味があり、その好奇心を抑えきれず、五十年ほど前に『人狼《ワーウルフ》』の仲間たちが住む集落を飛び出した。

基本的には人類と『妖魔』は友好的な関係ではないが、かといって必ずしも敵対しているわけではない。

シアンもそういう一人で、人間種のフリをして人間世界で暮らすことを楽しんでいた。

風来坊《ふうらいぼう》な性格もあって、五十年の間にあちこちの国を放浪している。偽造した身分証まで持っていて、ユーディス王都を出入りするときもそれを使っていた。

『人狼《ワーウルフ》』は人間の姿になると普通の獣人と変わらないため、外見でバレることはまずない。しかし、それを見破る妖魔専門のハンターがおり、たまにシアンの正体に気付かれてしまう。

シアンとしては人間と敵対したくないのだが、降りかかる火の粉は払わねばならない。

妖魔は基本的には人間よりも強いが、さらにシアンは人狼《ワーウルフ》族の中でもかなり強い部類だった。そのため、妖魔ハンターを何度も撃退しているうちに、『朧の灰狼《グレイゴースト》』という賞金首としての異名がついてしまった。

実はリーヴェと初対面のとき、シアンはちょうどそのハンターたちに追われていた。

なんとか追っ手をまいて、人気《ひとけ》のない場所に隠れようとしたところ、リーヴェが襲われているシーンに遭遇したというわけだ。

暴漢を倒したあと、リーヴェをテオの店まで案内できなかったのは、万が一追っ手と戦闘になったときにリーヴェを巻き込みたくなかったからである。

その後、テオの店にポーションを買いに来たのも、追っ手との戦闘に備えるためだった。

しかし、シアンは不覚を取ってハンターたちにやられてしまった。一応返り討ちにはしたものの、シアンは重傷を負って瀕死になってしまう。

その状態で廃材置き場に倒れていたところをリーヴェに救われた、というわけだった。

シアンは助けられた恩返しに、命懸けでリーヴェを守ったのだ。


さて、リーヴェのほうであるが、レベルが完全にバグってしまって、自分がどれくらい強いのかまるで分からなかった。

ただ、規格外の力を持っているのは、ビズルとの戦闘から明らかだった。

ちなみに、レベルアップによって得た力は、基本的には身体能力に限るようだ。よって、何か特別なスキルを覚えたり、魔法が使えるようなことはなかった。

視覚、聴覚、嗅覚のような五感も別の分野なようで、特に鋭くなったようには感じない。

『暗視』や『気配感知』などについても同じで、これらはスキルの習得によって上げるものらしい。

その代わり、筋力や体力、魔力などが、完全に人外……というか、生物としての枠を超えたものとなっている。

とりあえず、気を付けている限りは日常生活に問題はないが、思いがけず力を入れたりすると、一気に凄まじいまでのパワーが発揮される。そのため、加減調整が非常に難しい。

この不便を解消するため、リーヴェは商人ギルドに頼んで、あるアイテムを取り寄せてもらった。

それは『呪いの魔導具』だ。呪いによって、リーヴェの身体能力を抑えようという狙いである。

まず『邪神の絞首帯《デビルチョーカー》』。

これを首に着けると、毒や麻痺、石化などの状態異常にならなくなるが、その代わり『生命力《HP》』以外の全ステータスが十分の一にダウンする。

次に『死に至る腕鎖《ヘル・ブレスレット》』。

これを腕に着けると、時空攻撃を無効にする『時空絶対防御』が発揮されるが、同じく『生命力《HP》』以外の全ステータスが十分の一にダウンしてしまう。

そして『破滅へ誘う指輪《カタストロフリング》』。

これを指にはめると、即死攻撃を完全回避することができる。その代わり、やはり『生命力《HP》』以外の全ステータスが十分の一にダウンする。

『呪いの魔導具』の中でも、とびっきり強力な呪いを持つこの三つを身に着けることによって、リーヴェのステータス（ＨＰ以外）は千分の一に低下した。

このおかげというか、ステータスが低下したことでバグっていた表示も正常になり、ＨＰ以外の数値を確認することができた（実際の数値は千倍）。

ただ、ステータスが低下してもレベル自体は変わってないので、レベル表示のバグはそのままである。

ということで、リーヴェのレベルは確認できないままだが、千分の一になった状態でも、恐らくレベル９００以上の身体能力《フィジカル》はあると思われる。

まあレベル９００なんて到達した人間がいないので、これはリーヴェの推定だが。

強さの目安としてＳランク冒険者と比較すると、Ｓランクの基準はレベル１００以上だが、レベル９００はその九倍強いということではない。

実際には百倍以上強いだろう。

呪いの装備を外したリーヴェは、さらにその千倍強いというわけである。

なお、仮に『邪神の絞首帯《デビルチョーカー》』や『破滅へ誘う指輪《カタストロフリング》』がなくても、リーヴェが状態異常や即死攻撃を喰らうことはほぼありえない。

レベルが高いほど、それに比例して耐性も上がるわけで、レベルがバグってるリーヴェを状態異常にするなんて到底考えられないからだ。

ただし、時空攻撃だけは別で、『死に至る腕鎖《ヘル・ブレスレット》』でこれを完全防御できるのは大きいかもしれない。

とはいえ、時空攻撃を使える者などまずいないのだが。

この『呪いの魔導具』については簡単に外せるので、万が一とてつもない強敵が現れたときは、その場で外せば問題なかった。

一応これで超パワーを抑えることができるが、三つともデザインが非常に禍々《まがまが》しいため、見た目に関してだけは不満があった。

ただでさえ『白銀の魔女《シルバーウィッチ》』と言われているのに、こんなのを着けていては本当に魔女みたいだ。

まあ危険防止のため、仕方なく着けることにしたようである。

ほどなく美味しいオムライスを食べ終え、リーヴェとシアンは食後のティータイムを楽しむ。

「それにしても、なんでずっと狼のままだったのよ。もっと早く正体を知りたかったわ」

紅茶をひとくち飲んだあと、リーヴェは口を尖らせて不満を言う。

愛しい狼が人化したショックは、未だに忘れられないらしい。

「いやまあ、この姿になったら驚かれちまうかなと。それに、お前に助けられた借りを返したら、この王都を出ようと思ってたんだよ。黙っていなくなるのはさすがに申し訳ないと思って、お前の帰りを待ってたがな」

「それについては一応お礼を言っておくけど、でもアンタが人狼《ワーウルフ》だったとはねえ……あーあ、モフモフの狼のままのほうが良かったなあ」

「なら、何か動物でも飼えばいいじゃねえか。毛の長いヤツなんかたくさんいるだろ」

「ふーんだ」

あの狼が良かったのよ！　と、リーヴェは心の中でよく分からない感情を爆発させる。

そんなわがままなリーヴェを、まだ子供のくせに妙に扱いにくい女だと、シアンは少々呆れ気味に持て余す。

こうして、リーヴェとシアンの奇妙な共同生活が始まったのだった。

二．反撃開始

「リーヴェ、後ろだ。一歩距離を取ってから剣で応戦しろ」

「えっと、ちょっと待って！」

シアンの指示で、リーヴェは振り返りながら体を後方へずらし、相手を剣で斬りつけようとする。

……が、すでにそこに相手の姿はなかった。

「シアン、敵がいないじゃないの！」

「いや、もうお前の後ろに回り込んでるよ。あっ……！」

とシアンの指示が間に合わず、リーヴェはその相手——体長六メートルの虎型モンスター『グレートタイガー』に、頭部を丸ごと呑み込まれるように噛みつかれる。

「何すんのよっ！」

剣を持たない左手で振り払うと、その一撃を喰らったグレートタイガーは即死した。

『呪いの魔導具』一式装備で身体能力が千分の一になっていても、リーヴェの強さはレベル９００以上あるので、素手のパンチも巨人《ジャイアント》を軽く殺せるくらい強烈だ。

グレートタイガーはモンスターランク81で、Aランク冒険者チームが討伐するような魔物だが、リーヴェには子猫同然の相手だった。

「パワーだけは本当にすごいが、動体視力とかはまるでダメだな……」

教え子であるリーヴェの戦い方を見て、シアンは頭をボリボリ掻きながら呆れ返る。

リーヴェの振るう剣は凄まじいが、とにかく扱いが不器用で相手に当てられない。

当たればドラゴンだろうと一撃なのだが。

レベルアップしたことによりリーヴェの身体能力は鬼となっているが、武器の扱いや動体視力などは別の分野だ。『剣術』や『見切り』などのスキルを習得しないと、それらの能力は上がっていかない。

まあリーヴェの立ち回りが下手なのは、元々剣で戦う才能がないというのもあるが。

おかげで、リーヴェは剣を使って戦うよりも素手で殴ったほうが強いのだが、そういう戦い方はスマートじゃないので、シアンに教えてもらいながら特訓しているところなのだ。

そんなわけで、今リーヴェとシアンは馬車で王都を出て、モンスター退治に来ていた。

この草原に棲息するグレートタイガーが最近街道付近まで出てくるらしく、可能な限り間引いてほしいという依頼を受けたのである。

実はビズルを撃退したあと、リーヴェは冒険者になっていた。色々と情報収集にも有利なので登録したのだ。

シアンのほうは素性がバレてしまう可能性があるため、登録はせずに、リーヴェの付き人みたいな立場に納まっている。

リーヴェさえ登録していれば冒険者ギルドを活用できるので、それで問題はなかった。

登録するときには能力測定機器での検査があったのだが、リーヴェのレベルはバグっているので、レベル1と判定されてしまった。

リーヴェとしては自分の正確なレベルが知りたい気持ちもあったが、これはこれで規格外の力を知られずに済んで良かったともいえる。

とりあえずFランクからのスタートで、成果を挙げればランクも上がっていくが、今のところその辺りのことは考えていない。

ただ、冒険者ランクが低いと、依頼を受けるのも一苦労だ。

今回も、グレートタイガーの討伐はなかなか許可が下りなかったのだが、シアンの実力が高いと評価されたことでなんとか許してもらえた。

ランクが上位になるほどできることも増えていくので、リーヴェもいずれ上げようとは思っている。

冒険者としてすでにリーヴェは何度か活動していて、その成果で属性魔法を一つ覚えていた。

男性は剣などの武器、女性は魔法の能力が上がりやすい傾向があると言われるが、リーヴェにも一応魔法の才能はあったらしい。

ただし、リーヴェの魔力が高すぎるので、威力の調整が非常に難しかった。そのため、今のところ戦闘で使うことはない。


次のグレートタイガーを探して二人で歩いていると、ふいにシアンがぼそりと呟いた。

「おいリーヴェ、ようやく来たぞ」

それを聞いて、リーヴェがニヤリと口を歪める。

「待ってたわよ。今から反撃開始ね」

シアンが言っているのは、リーヴェを狙う刺客《しかく》がこの場にやってきたということだ。

リーヴェが冒険者となって王都を離れたのは、これも目的だった。

王都の中で狙われては、リーヴェはともかく周囲の人たちが危険だ。リーヴェの家まで来るならまだしも、街中《まちなか》で襲われたら面倒なことになる。

それであえて王都の外に出て、刺客《しかく》たちが襲いやすいようにわざと無防備な姿を晒《さら》したのだ。

ビズルを返り討ちにしてからすでに十日経っているのだが、その間に襲ってこなかったのは、次の殺し屋を雇うのに時間がかかったからだろう。

そして、ガズ・ビズ兄弟ほどの殺し屋は、そうは簡単に雇えない。よって、今回襲いに来たのは、ガズルたちよりも質の劣る殺し屋だった。

その代わり、人数が多い。質より量という感じで、全部で十人いる。

戦闘レベルは、それぞれAランク冒険者程度といったところか。

そいつらが、草原に隠れながら接近してきたあと、ぞろぞろと姿を現した。

「シアンは手を出さないでね」

「あいよ」

シアンをその場に残し、リーヴェは余裕の面持ちで殺し屋たちに向かって歩いていく。

それを見た殺し屋たちはすぐさま戦闘態勢に入り、扇状に散ってリーヴェと対峙した。

「逃げもせずわざわざ殺されに来るとは、頭がイカレているのか？」

「あのガズ・ビズたちがしくじったというから警戒していたが、こんな楽な仕事だったとはな」

「命乞いなどしても無駄だぞ。死ね」

殺し屋の一人がそう言って、鋭いナイフをリーヴェに放つ。

それをリーヴェは華麗に躱《かわ》……せない。

「あいたっ」

上手く避けたつもりが、おでこにドンピシャに命中した。

まあ全然痛くも痒くもないのだが、なんとなくリーヴェは叫んでしまった。

「なんだ!?　ナイフが効かぬのか!?　それなら……」

先制攻撃が失敗したとみるや、四人の男が剣や槍を抜いてリーヴェに迫る。

リーヴェのことをうっかり侮ってしまったが、全員プロの殺し屋だ。獲物を始末するときは全力でいく。

素早く間合いを詰めると、四人は手に持つ武器でリーヴェの首や心臓を狙った。

それを、今度こそ上手く躱《かわ》す……躱《かわ》せないリーヴェ。

「あたっ、あたたっ、あれ、おかしいな？　ちゃんとよく見て避けてるのに⁉」

離れた距離から一方的に攻撃できる拳銃と違って、接近戦では相手の攻撃を見極めるセンスが問われる。普段から体を動かしている人間ならともかく、研究室に籠《こ》もりきりのリーヴェにはないものだ。

そのため上手く避けられず、武器がバスバスと急所に刺さるが、リーヴェの体には少しも傷がつかずに跳ね返される。

『呪いの魔導具』で身体能力が千分の一となっているリーヴェだが、生命力《HP》だけは低下せずに元のままだ。

つまり、数値がバグるほどの膨大な体力を持っていて、それがある程度減るような攻撃でない限り、体はまったくの無傷となる。

このほぼ不死身と言っていいチート体力のおかげで、リーヴェはどんな攻撃を喰らいまくっても平気なのだった。

ちなみに、リーヴェの服は魔導効果を施した特製の素材で作ってあるので、ちょっとやそっとの攻撃ではまず破れることはなかった。

ビズルに服を切り裂かれたのが少々トラウマになったため、対策したのだ。

「お、おかしいっ、コイツの体に全然剣が通じない!?」

「これほど斬られまくって無傷だなんて信じられねえっ」

「どけっ、オレたちがやる！」

後ろで戦いを見ていた殺し屋たちが、遠距離用の武器でリーヴェを狙う。

弓矢や刃のブーメランが、雨あられとリーヴェに襲いかかるが……

「え～っと、何これ!?　ねえシアン、こういうのはどうやって避ければいいの？」

なんとか避けようとするものの、全方向から攻撃が来ているため、リーヴェはどうしたらいいか分からず、オロオロと棒立ちになって集中砲火を受けまくる。

それを見て、シアンは頭を抱えた。

拳銃を使っているときもそうだったが、リーヴェは攻撃はともかく、防御がまるで素人だ。

まあ一応、か弱い女性だったから仕方のないことなのだが。

「リーヴェ、落ちつけ。飛び道具が来たら、体を低くして横に飛び退け！」

「こ、こうね！」

今さらながらリーヴェは避けるが、その前にすでに百発以上攻撃を喰らっている。

それなのに、まるで効いていない様子だった。

これを見た殺し屋たちは、いよいよ顔を青くして攻撃の手を強めた。

「お、おい、魔法だ！　魔法を撃てっ！」

物理攻撃が一切通じないとみて、魔導士三人がいっせいに魔法を射出する。

魔法は攻撃力のみで言うなら剣などよりも遥かに強力で、人間がまともに喰らえば、まず無事ではいられない。

それが連続でリーヴェに襲いかかっていく。

「今度こそ華麗に避けるわ！　こうね！　……いえ、こっち……？」

なんだかよく分からないまま、リーヴェはフラフラと動いて躱《かわ》そうとするが、残念ながら次々に魔法を受けてしまう。

むしろ、自分から魔法を喰らいにいくストロングスタイルにすら見える。

リーヴェは、道ですれ違う相手を避けようとして同じ方向に動くタイプだった。

リーヴェの運動神経はけっして悪くないのだが、どうも戦闘の勘が鈍《にぶ》いらしい。これぱっかりは経験を積んで鍛えるしかないので、今のリーヴェに望むのは酷だろう。

シアンはもう見ていられないといった風に、手で目を覆いながら俯《うつむ》く。

「こ、攻撃が何一つ効かねえっ、どうなってんだ!?」

殺し屋たちがリーヴェの怪物ぶりに恐怖し始める。

「ああ～んもうよく分かんない！　やること多くて難しすぎるわよ！」

とうとうリーヴェは逆ギレして、華麗なスタイルで戦闘をすることを諦めた。

そして、まずは相手の一人から剣を奪って、素手でこねこねと軽く丸める。

「な、なんだコイツ、強化チタン合金製の剣を、飴細工のように丸めやがった⁉」

「ば、化け物……こんな相手だなんて聞いてねーよ、話が全然違うじゃねーか！」

「まさか本物の『白銀の魔女《シルバーウィッチ》』……こ、殺されるっ、逃げるぞっ！」

「フフフ大丈夫、やさし～く手加減してあげるわ」

そう言うと、リーヴェはズカズカと猛ダッシュして、殺し屋を片っ端からチョップで沈めていく。

「よせっ、やめ……げっ」

「た、たすけっ、があっ」

蜘蛛の子を散らすように逃げ出した殺し屋たちだったが、リーヴェのダッシュには敵わない。

あっさり追いつかれては、リーヴェの素人チョップで次々にKOされていく。

まるで、だだをこねる赤ん坊に手も足も出ないような、そんな光景だった。

圧倒的に突き抜けた身体能力《フィジカル》の前では、どんな戦闘技術も無力になる——そんな、なんとも悲しい事実を知ったシアンは、殺し屋たちに少々同情した。

というわけで、刺客《しかく》たちはあっという間に全員気絶させられたのだった。

「あ～すっきりした。こんなもんでどう？　シアン」

「いや、もうお前はそれでいいよ……」

シアンはリーヴェの戦闘指南を諦めた。

別に綺麗に決めなくていいなら、リーヴェの戦い方はアレで問題ない。どのみち、リーヴェを倒せるような存在はいないのだから。

あとはリーヴェの美意識の問題だ。

とりあえず、倒した殺し屋たちを縛り上げ、二台の馬車に乗せる。

こういう場合に備え、来るときに乗っていた馬車以外にも、アイテムボックスに馬車を収納していたのだった。

この二台の馬車をそれぞれリーヴェとシアンで操りながら、殺し屋たちを王都へ運ぶつもりだ。

「これでそのアトレチオってヤツも終わりだな」

「いいえ、多分そんなことにはならないわね」

無事解決といった感じで安心するシアンに対し、リーヴェは反対の意見を述べる。

これまでの経験上、アトレチオがそんな簡単な相手ではないことがリーヴェにも分かってきた。

この刺客《しかく》たちを突き出したところで、アトレチオを逮捕できるとは思っていない。アトレチオが命令したという証拠も、恐らく見つからないだろう。

今のリーヴェなら力ずくでアトレチオを叩き潰すことも簡単だが、ユーディス王国にも当然法律がある。

下手なことをすれば、逆にリーヴェが逮捕されてしまうかもしれない。場合によっては、王国そのものを敵に回してしまう可能性すらあるのだ。

とにかく一筋縄ではいかない相手だが、リーヴェはもう恐れてはいなかった。

強い力と頼もしい仲間を得た自分は、もう何があろうとも絶対に負けない。

自分を狙ってくるなら、片っ端から返り討ちにしてやる。

リーヴェは強い決意を抱きながら、シアンとともに王都へと帰っていった。

三．ピンチはチャンス？

「何故、何故あんな小娘一人殺せんのじゃあああっ！」

部屋の壁やドアをビリビリ震わせながら、アトレチオの甲高い怒声が激しく響き渡る。

アトレチオの屋敷にベラニカを含めた腹心の部下たちが集められ、アトレチオから叱責を受けているところだ。

「それが、どうも凄腕の用心棒がついているようで……」

「獣人の男なのですが、あの女が外出するときは片時も離れずに付き添っているのです」

「そのため街では襲えず、王都の外へ出たときに刺客《しかく》を向かわせているのですが、全て返り討ちにされてしまいました」

部下たちは順番に説明をするが、アトレチオに納得した様子はない。

王都の外だけではなく、リーヴェの家に直接刺客《しかく》を送ったこともあるが、当然のように返り討ちに遭ったうえ、全員警備隊に突き出されていた。

おかげですでに雇える殺し屋はほとんどいなくなってしまって、ぼちぼち手詰まりになってきている。

一応、殺し屋たちとアトレチオの関係は暴《あば》かれていないようだが、証拠を隠すにも限界がある。

いい加減リーヴェを始末しないと、さすがのアトレチオでも尻に火がつき始めていた。

「直接襲ってダメなら、毒殺でもすればよいじゃろう！　何故もっと頭を使わんのじゃ⁉」

アトレチオは、部下の要領の悪さに呆れ果てるが……

「いいえ、毒殺はもう何度も試しました。世界一の猛毒を取り寄せ、あの女が街で買った飲み物にもたっぷり入れたのですが……」

ベラニカがすかさず弁明をする。

「おお、それでよい！　……で、何故失敗したのじゃ⁉」

「それが、間違いなくあの女は飲み干したのに、まるで平気でケロッとしているのです」

「そんなバカな……」

アトレチオは頭を抱えながらフラフラとよろめき、近くにあった椅子に腰を下ろす。

リーヴェの家はもうアトレチオたちに知られてしまったので、閉じ籠《こ》もっていても意味がない。

よって、特に気にすることなくリーヴェは街にも出掛けていた。

それを知ったアトレチオの部下たちは、リーヴェが立ち寄りそうな店に先回りし、飲食物を買おうとしたらそれに毒を入れていた。

アトレチオの系列店は街にたくさんあるので、こういう手も可能なのだ。

だがリーヴェは、何度毒を口に入れてもまったく平気だった。

吐き出している様子はなく、確実に飲み込んでいるのに。

世界最強の毒をこれでもかとジュースに入れたのに、それすら美味しそうに飲んでしまう。

実はリーヴェは、毒が入っていることには気付いていた。シアンの鋭い嗅覚で、毒の匂いを嗅ぎ分けていたからだ。

それをあえてリーヴェは食べたり飲んだりしていた。

アトレチオたちを焦らせるためだ。

その思惑通り、毒が効かないリーヴェに対して、アトレチオの部下たちはパニックになる。本当に毒なのかどうか確かめるために、ちょろっと舐めてぶっ倒れた者までいるくらいだ。

なお、シアンはもちろん毒を口に入れたりしていない。

「ワ、ワタシが思うに、あのリーヴェという小娘は、特殊な装備によって守られている気がするのです」

ベラニカが額の汗を拭きながら、アトレチオに進言する。

「特殊な装備だと!?　何か心当たりでもあるのか？」

「それが、非常に禍々《まがまが》しいアクセサリーを、首と腕と指に着けているのです。恐らく、あれは魔導具の一種と思われます」

「ふむ、なるほど……もしや『白銀の魔女《シルバーウィッチ》』の秘密もそれにあるのかもしれぬな」

アトレチオは右手で顎《あご》を揉みながら、リーヴェの力を推察する。

あの小娘は『白銀の魔女《シルバーウィッチ》』ではないかという疑いがあるのだが、強力な魔導具が関係しているとすれば納得がいくというものだ。

「……分かった。ではやり方を変えるとしよう。少し強引じゃが、あの小娘をハメれば、その謎の魔導具を取り上げることができるかもしれぬ」

大型魔導具店を経営するアトレチオとしては、リーヴェが持つ魔導具に断然興味がある。

だが、凄腕の用心棒が付いている限り、力ずくでその魔導具を奪うのは難しい。

ならばアトレチオは、自分の持つ権力を最大限に利用しようと考えた。

謎の魔導具さえなければ、リーヴェもただの小娘だ。

それどころか、その魔導具《アイツ》を手に入れることができれば、自分にも『白銀の魔女《シルバーウィッチ》』の力が使えるかもしれない。

場合によっては、世界を支配することさえ……などと、アトレチオは想像を膨らませていく。

「よし、ではワシが考えた計画を教える。金はいくらバラまいてもいい。絶対に成功させるぞ、よいな?」

アトレチオはベラニカたちに計画の詳細を伝えるのだった。

☆

「ええっ、テオさんが逮捕されたですって⁉」

いつも通り、リーヴェがポーションをテオの店へ届けに行くと、そこにテオの姿はなかった。

従業員に聞いてみたところ、昨日突然警備隊が来て、テオを拘束して連れていってしまったらしい。

「いったいどうしてそんなことに⁉」

「それがですね……」

従業員が言うには、テオの店で販売したポーションに毒が入っていたとのこと。

それを使ってしまった人が何人も倒れてしまい、大量殺人未遂の容疑でテオは逮捕された。

幸い亡くなった人はいないが、被害者は全員テオを訴えるようだ。

「毒が入っているなんてありえません。なのに、警備隊の連中はまったく耳を貸そうともしないで、問答無用で店長を連れていってしまったんですよ」

「なるほど、そう来たか……」

リーヴェはアトレチオが強引な手を使ってくることは予想していたが、テオを狙ってくるとまでは思っていなかった。

自分《リーヴェ》が手強《てごわ》すぎるため、仕方なくテオを陥《おとし》いれて、周囲から攻めようとしたのだろう。被害者も、恐らくアトレチオたちとグルの可能性が高い。

ポーションについてはリーヴェは直接売ってないため、今のところ逮捕を免《まぬが》れているが、近々リーヴェにもその手が伸びてくるはず。

それにしても、リーヴェの食べ物などにさんざん毒を入れてきたクセに、今度は毒の被害者になろうだなんて、本当に面の皮の厚いヤツらだ。

（無理やり冤罪《えんざい》をふっかけてくるなんてメチャクチャだわ。アトレチオ《あっち》も、もう手段を選ばないっ

ってことね）

リーヴェを力ずくで殺すことを諦めたアトレチオは、なりふり構わず権力を利用してきた。

とにかく、なんでもいいからリーヴェを逮捕さえしてしまえば、いくらでも罪をなすりつけることができる。

そういう力をアトレチオは持っていると考えていいだろう。

ただ、さすがにこれは強引すぎる計画だ。打つ手がなくなった末の苦肉の策だろう、とリーヴェは推測している。

いや、ひょっとしたら、何か特別な狙いがあることも考えられるが。

被害者たちが金で買収されているなら、リーヴェがさらに高い金を払って寝返らせる手もあるが、これが成功するかは分からない。かえって状況を悪化させる可能性もあるので、安易には取れない作戦だ。

そもそもこっそり暗殺するのとは違って、毒を使えば当然事件となるわけで、調査だって慎重になる。

アトレチオの力をもってしても、ごまかすのはかなり苦労するはず。

それなのに実行したということは、現在アトレチオは相当追い込まれているということである。

（これは……むしろチャンスかもしれない！）

少し前のリーヴェなら、こんな状況になったら激しく動揺してしまったに違いない。

だが今なら、色んな対策を取ることができる。場合によっては、力ずくで解決することさえ可能だ。

王都の戦力全部を相手にしても、恐らくリーヴェは負けないからだ。

もちろん、そんなことなど絶対にしたくないが、最終手段があるというのは心強いもの。

(テオさん、私のせいでごめんなさい。すぐに助けるから少しだけ待っててね)

相手が焦っているなら、きっと隙も見つかる。

リーヴェは冷静に分析し、自分の対抗策を考えるのだった。

☆

今日もまたアトレチオの屋敷では、怪しい密談が行われていた。

ただ、今回少し違うのは、アトレチオの部下以外にも一人、初老の男が参加している。

「テオのヤツはまだ落ちんのか？」

思うように進まない計画に、アトレチオがその態度をイライラさせる。

「はい。本当に強情な男でして……あのリーヴェという女に罪をなすり付ければ、ポーションのことは無罪にしてやるうえ、報酬として白金貨五百枚を与えると約束したのですが、それでも首を縦に振らないのです」

ベラニカがほとほと困り果てたという表情で、計画が頓挫《とんざ》していることをアトレチオに伝えた。

「あんな弱小ポーション店の店主が、これほど金を積んでも寝返らないとは……あの小娘が呪いでもかけているのではないか？」

リーヴェを陥《おとし》れるため、アトレチオはリーヴェのポーションを販売しているテオを味方につけようと企《たくら》んだ。

しかし、それがどうしても上手くいかない。

白金貨五百枚、つまり五億Ｇ《ゴールド》を与えると言っても、テオはリーヴェを裏切ろうとはしないのだ。

「『ポーションに毒を入れたのは小娘《リーヴェ》だ』とテオが証言すれば、話はもう簡単なのじゃが……」

なお、白金貨五百枚をテオに渡すつもりなど、アトレチオにはさらさらなかった。

リーヴェを陥《おとし》れたあとはテオは用済みだ。どうとでも処分すればいい。

それにしても、テオがこれほど頑固だったのはアトレチオとしても誤算だった。

今まで金でなんでも解決してきただけに、まさかこんなことで計画がつまずくとは思っていなかったのだ。

あの小娘がもし本物の『白銀の魔女《シルバーウィッチ》』だとしたら、魔女の力でテオを洗脳していてもおかしくないが……いや、そんなわけはない。

アトレチオは不吉な想像を頭から振り払う。

「テオがどうしても落ちぬなら、このまま裁判をするしかないな。まあなんとかなるじゃろう。そうじゃな？　マクギリス裁判長」

「任せておけ。あんな小娘一人有罪に持ち込むなど、テオの証言がなくても容易《たやす》いことだ」

マクギリスと呼ばれた初老の男が、アトレチオの問いにニヤリと笑って返事をした。

アトレチオは裁判長すら仲間に引き込んでいたようだ。

テオの証言さえあればさらに万全だったが、この布陣なら問題ないとアトレチオは自信を持つ。

「おおそうだ、小娘の家はちゃんと見張らせてあるだろうな？」

「もちろんでございます」

ベラニカが少し安心したように返事をする。

事件の重要参考人の保護という名目で、リーヴェの家の周りには警備隊が常時待機していた。この警備隊には、アトレチオの息のかかった者たちが選ばれている。

リーヴェが怪しいことをしないか監視させ、色々と難癖をつけて行動を制限していたのだ。

いまいち順調ではない計画だが、これについては上手くいっているため、ベラニカも自信を持って答えた。

「ふむ……念には念を入れて、三日後の裁判まで小娘を外に出させるな。あの魔女は何をするか分からん。変な真似をさせないよう厳重に見張らせておけ」

「承知いたしました。このまま家に閉じ込めておきましょう」

「ククク、三日後が楽しみじゃ。やっとあの小娘を始末できる」

これでもう勝敗は決したとばかりにアトレチオはほくそ笑む。

さんざん手を焼かせた報いとして、無差別大量殺人未遂で死刑にしてやる。

通常より少し重いが、ユーディス王国の量刑基準でも問題ない判決だ。裁判長がグルだと疑われることはないだろう。

アトレチオは計画を繰り返し頭の中で反芻《はんすう》する。

その後、アトレチオたちはさらに細かく作戦を練り続けるのだった。

四．謀略の裁判

ユーディス王国王都の中心街から少し北へ行ったところに、王都最大の裁判施設――中央裁判所が建っている。

王都は広大なだけにあちこちに裁判施設があるが、中央裁判所がほかと違うのは、その建物のすぐ横の広場に『屋外法廷』があることだ。

通常の事件は建物の中にある法廷で裁かれるが、王都を揺るがすような重大事件の場合、その屋外法廷を使って、大勢の聴衆の面前で公開裁判が行われる。

今回の『毒入りポーション事件』は、この屋外法廷にて裁判をすることになった。よって、これを傍聴するため、現在大勢の王都民が法廷のある広場に詰め寄せている。

リーヴェも重要参考人として、この法廷に呼び出されていた。

ただし、シアンは法廷には入れないということで、聴衆と一緒に広場で待機している。

まず、このリーヴェとシアンを引き離すことがアトレチオの計画の一つだった。

そのアトレチオは法廷に一番近い特等席に座って、裁判が始まるのを今か今かと待ちわびている。

ただ、腹心のベラニカは見当たらない。珍しく別行動のようだ。

「それでは開廷します。被告人テオ・エッカードは前に出てください」

開廷時間となり、この裁判を担当するマクギリス裁判長の発言で審理が始まった。

日本と違って、ここユーディス王国には高等裁判所や最高裁判所などはなく、この裁判の結果で罪が確定する（異世界でも各国で裁判制度は異なる）。

マクギリスは王都裁副長官であり、実質ユーディス王国ナンバー二の裁判官だが、アトレチオの息がかかっている。恐らくまともな判決は望めないだろう。

マクギリスの言葉を受け、テオが証言台の前に立った。

そして被告人質問が始まる。

「この度の『毒入りポーション事件』は無差別大量殺人を狙ったものと思われますが、それについて何か弁明はありますか？」

「裁判長、僕は誓ってポーションに毒など入れていません。もう一度詳しい調査を……」

「裁判長、それについて新たな事実が発覚しております」

テオの証言を遮るように、検察官が横から発言した。

なんのことか分からないといった様子で、テオが困惑の表情を見せる。

「さらなる調査の結果、ポーションに毒を混入させたのはこのテオではなく、そこにいるリーヴェ・シェルムだということが判明しました」

重大な新事実に、法廷を囲む大勢の聴衆たちがざわつく。

「あのポーションを作ったのはリーヴェ・シェルムだったな？　テオ？」

「そ、それはそうですが、リーヴェさんは毒など入れていません」

「何故そのことがお前に分かる？　リーヴェのポーションをいちいち検査などしていないだろう？毒の入っていたポーションは全てリーヴェが製作したものだった。そしてお前が毒を入れてないなら、リーヴェが入れたというのが道理というものだ」

「そんなバカな……」

「さらに、リーヴェ・シェルムが捨てたゴミから毒物も発見されている。検査の結果、ポーションに入れられていたものと一致した。これが何よりの証拠だ」

検察官が、リーヴェが犯人である証拠を提示する。

もちろん、これはでっち上げだ。リーヴェのゴミから見つけたと言って検査に出したのだろう。元々アトレチオが持っていた毒なのだから、成分が一致するのも当たり前。

そこまでするのかというほどの茶番だが、この法廷にいるのはテオとリーヴェ以外全てアトレチオの手下なのでどうすることもできない。

当然のようにテオの弁護人も買収されている。

よって、検察側と争う気など毛頭ないようだ。

だが、当の本人であるリーヴェは、涼しい顔をして法廷の隅に立っていた。

「リーヴェ・シェルムさん。あなたには重要参考人として出廷していただきましたが、検察はあなたこそ事件の真犯人だと主張しています。それについて、ここへ来て意見を述べてください」

マクギリス裁判長に促《うなが》され、リーヴェが法廷の隅から中央に向かって歩いていく。

「お待ちなさい。ここに来る前に、あなたが首、腕、指に着けている装身具を外してください」

「何故です？」

マクギリスから思いもよらない指示を聞いて、リーヴェはつい聞き返す。

この『呪いの魔導具』がなければ、リーヴェは力を抑えることができない。

できれば外したくはないのだが……

「ここは神聖な法廷です。従《したが》って、そのような禍々《まがまが》しいものを着けたままでは、恐ろしくて裁判ができません。やましいことがないのなら、それを外して提出してください」

どの口がそんなことを言うのかといったところだが、そう言われては、リーヴェも反論のしようがない。

仕方なく、リーヴェは呪いの魔導具を全て外して、係の人が持ってきたトレイに置く。

その魔導具を載せたトレイは、マクギリスが預かって机の上に置いた。

そう、アトレチオの真の狙いはこれだった。

裁判に引っ張り出して、大勢の聴衆の前で装備を外せと言われれば、リーヴェとて従《したが》うしかない。

でなければ、法廷侮辱罪でリーヴェは拘束されてしまう。

用心棒のシアンも引き離してあるし、まず逆らうことはないだろうという目論見《もくろみ》だった。

あとは適当に罪をなすり付け、リーヴェを牢獄に入れてしまえば、あの謎の魔導具は自分《アトレチオ》のもの。

この状況を作り上げるのに、アトレチオはとんでもない量の金をバラまいた。

毒の被害者をねつ造したり、警備隊の一部を買収したり、果ては裁判関係者にも多くの金を渡している。

おかげでアトレチオは、保有していた金融資産のほとんどを使ってしまった。

損得で言えば大損である。

リーヴェのことなど放っておけばこんなことにはならなかっただろうが、ガズ・ビズ兄弟が失敗した辺りで、アトレチオもあとには引けなくなった。

大変な散財だが、しかし、首尾良く魔女《リーヴェ》の魔導具を手に入れられればお釣りが来る。

アレにはそれくらいの価値があるに違いない、とアトレチオは信じ込んでいた。

ここまでは全て計画通り。

あとはリーヴェを有罪にするだけ。

アトレチオはほくそ笑みながら裁判の行方を見守る。

「では裁判が終わるまで、この装身具は預からせてもらいます。それともう一つ、リーヴェ・シェルムさん、法廷ではその頭に被っているフードを外しなさい」

テオに替わって証言台に立ったリーヴェに対し、マクギリスはさらに指示をする。

リーヴェはいつも通り、フードで頭を隠していた。

まあこれは言われるだろうなと覚悟していたので、リーヴェは素直にフードを取る。

それによって隠されていた銀髪があらわになり、観衆からどよめきが起こった。

「す……すごい、完璧な銀髪じゃないか！」

「そういえば、『白銀の魔女《シルバーウィッチ》』らしき少女が王都にいるという噂を聞いていたが、あの子だったのか！」

「綺麗だ……」

「お静かに！」

傍聴しに来た者たちがそれぞれ思ったことを口にしたあと、マクギリス裁判長のひとことでその場が静まる。

そしてリーヴェへの追及が始まった。

「リーヴェさん、あなたにはポーションに毒を混入した疑いがかけられています。それについて何か釈明はありますか？」

「私はそんなことはしてません。何か証拠があるのでしょうか？」

「検察は、あなたが捨てたゴミから毒物が発見されたと証言しています」

「そんな証拠なんて、いくらでも偽造できると思いますが？」

「あなたは検察組織そのものを疑っているということですか？　いいですか、あなたの返答によってはその立場が不利になりますよ？　発言は慎重に行ってください」

「はい、分かってます。そもそも今回の事件は単なるでっち上げです。なんならマクギリス裁判長、あなたもその一味だと思ってますよ」

リーヴェの言葉を聞いて、いよいよもってアトレチオは口角が自然と上がるのを抑えられない。

こんな暴言を吐くなんて、これこそ法廷侮辱罪に問われる。

もう完全に勝ったも同然だ。

恐れていたリーヴェがあまりにも馬鹿なので、こんなことならバラまく金をもっと減らせば良かった、と少々後悔し始めたほどである。

「釈明がそれでは話になりませんね。このままではあなたに有罪判決を出すしかありません。それでいいですね？」

「ええ、問題ありません。でもその前に、これを見てください」

リーヴェはこのときのために作った小型の映写機を取り出してスイッチを入れる。

すると、屋外法廷のすぐ横にある建物――マクギリスの後方に建つ裁判所の白い壁に、映像が映し出された。

いきなり見たこともない現象が起こり、その場にいた全員がその映像に釘付けになる。

白い壁に映ったものは……

《テオのヤツはまだ落ちんのか？》

《はい。本当に強情な男でして……あのリーヴェという女に罪をなすり付ければ、ポーションのことは無罪にしてやるうえ、報酬として白金貨五百枚を与えると約束したのですが、それでも首を縦に振らないのです》

アトレチオが部下のベラニカたちと密談をしているシーンだった。

裁判所の壁に映されたアトレチオたちを見て、その場の観衆は大騒ぎとなる。

まあ一番混乱しているのはアトレチオ一味だろうが。

「な、なんで壁に人間が映るんだ？」

「あれは……もしかして、実際に起こったことを再現しているんじゃないのか？」

「今、罪をなすり付けるとかなんとか言ってたぞ⁉」

「まさか、今回の事件はアトレチオたちの陰謀だったということか⁉」

大勢の視線が集まる中、壁に映っている人間――映像のアトレチオたちは、今回の事件を次々と自分からバラしていく。

アトレチオは何が起こっているのか分からず、しばらく呆然とそれを眺めていたが、ようやくハッと我に返った。

「あ、あれはいったいなんなのじゃ⁉　こ、こんなことが……いや、あれはワシではない！　み、見るな、誰かあれを消せーっ！」

アトレチオは真っ赤な顔で大声を上げて、映像をなんとか消させようとする。

しかし、リーヴェ以外の誰も消し方なんて知るわけがないので、映像は淡々と続いていく。

《『ポーションに毒を入れたのは小娘《リーヴェ》だ』とテオが証言すれば、話はもう簡単なのじゃが……》

《まあでもアトレチオ様、被害者たちは全員我らの仲間ですし、警備隊の一部も買収済みです。テオの証言がなくても問題ないでしょう》

「お、おい、被害者もアイツらの仲間だと言ってるぞ。警備隊も買収済みだって？」

「ってことは、さっきあの子が言っていた通り、この事件はでっち上げってことじゃないか！」

「おかしいと思ってたぜ。全員グルだったんだな！」

「まだまだ共犯者はいるだろ！　もう一度ちゃんと調べ直せっ！」

真実を知った民衆から、アトレチオたちへ向けて怒号が飛ばされる。

元々アトレチオのことが嫌いなヤツは多い。だが、やはり恐ろしくて、この場でも何も言うことはできなかった。

それが、リーヴェが映した映像で一気に流れが変わった。

この機を逃さんとばかりに、皆で声を上げることにしたのだ。

広場には時計師のジャンたちや、商人ギルド長のデューク、リーヴェのエリクサーに救われた建築作業員たちも来ていたので、リーヴェを助けるために彼らも大きな声を出している。

ちなみに、これらの映像はリーヴェが作った超小型《マイクロ》ドローンで撮影したものだった。

本体は二センチほどの大きさなので、静かに飛べばまず気付かれない。リーヴェの家は警備隊に見張られていたが、もちろんこれに気付く者などいなかった。

この超小型《マイクロ》ドローンでアトレチオの屋敷やあちこちに潜入し、内蔵されていた小型カメラで証拠を集めまくったのだった。

映像はさらに続き、アトレチオの部下が、テオの弁護人や毒の被害者たちに金を渡すシーンも映し出された。

それを見ていた毒の被害者たちは、慌てて法廷の場に飛び出し、大勢の前で土下座をする。

「ゆ、許してください、つい金に目がくらんでしまいました。受け取ったお金は全部返しますから……」

神の奇跡のようなものを見せられて、嘘をついた被害者たちは恐ろしくなったようだ。

こんなことができる相手《リーヴェ》を敵に回してはいけない。

それで即刻謝罪をしたというわけだ。

テオの弁護人も、一緒に土下座をしようかどうか迷っているようで、弁護人席から立ち上がってオロオロとしている。

「謝ったということは、あそこに映っているのはやっぱり事実なんだな？」

「はい、間違いありません」

被害者全員が嘘を認める。

もう誰の目にも真実は明らかだった。

アトレチオがリーヴェを法廷に引っ張り出してきたことによって、犯罪の証拠をリアルタイムで大勢に見せることができた。もしこの映像をただ提出しただけだったら、アトレチオの力で握り潰されていたかもしれない。

リーヴェをハメるためにこんな裁判をしたことで、アトレチオは逆に墓穴を掘ったのだ。

「バ、バカな！　こんなもの、魔女の幻術に決まっておるじゃろう！　お前たち目を覚ませ！　魔女じゃ、この女はこの国《ユーディス》を滅ぼしに来た魔女なのじゃ！」

「そ、そうです！　警備員たち、今すぐこの危険なリーヴェ・シェルムを拘束しなさい！」

青い顔で映像を見ていたマクギリス裁判長が、アトレチオの言葉に同意しながら、リーヴェを捕まえるよう命令を出す。

しかしその直後、マクギリスは完全に固まった。

《テオがどうしても落ちぬなら、このまま裁判をするしかないな。まあなんとかなるじゃろう。そうじゃな？　マクギリス裁判長》

《任せておけ。あんな小娘一人有罪に持ち込むなど、テオの証言がなくても容易《たやす》いことだ》

アトレチオの謀略に同意するマクギリスの姿が、白い壁に映し出されたからだ。

正義を判断《ジャッジ》する裁判長までグルと知って、もはや民衆の怒りは頂点に達した。

「言っておくけど、まだまだた～っぷり証拠はあるんだからね。見たいなら全部見せてあげるわよ。うふふふ……」

完全に勝ち誇るリーヴェ。

まるでコイツこそ悪者じゃないかというくらいに、その不敵に笑う姿はサマになっていた――と、のちにシアンは語る。

ここまで悪事を暴《あば》けば、さすがのアトレチオも終わりだ。芋づる式に、これまでの犯罪も表に出てくるだろう。

「だ、誰でもいい、あの女を、あの女を逮捕しろ！　いや、殺せ……！」

犯罪行為を暴露され、すでに絶望しかけているマクギリスは、無理やり警備員たちをけしかける。

法廷では裁判長の命令は絶対だ。しかし、この状況なので、警備員たちもどうしてよいものか悩んでしまう。

「早く、早くあの女を殺すのだ！　法廷を侮辱した者に生きる価値はない！」

「どっちが法廷を侮辱しているのかな？」

騒然となっている法廷に、若い男の声が響き渡った。

静かな口調でありながら、聞いた者を抗《あらが》わせない重厚たる声圧。

王者の風格を帯びたその声の主は……

「ハ……ハインローグ殿下っ⁉」

五．暴君の末路

突然聞こえてきた声の主は、このユーディス王国の第一王子ハインローグ・アフト・キア・ユーディシスであった。

いったいいつからそこにいたのか、従者の騎士たちを連れて観衆の奥から前に出てくる。

裁判に夢中で、誰もその存在に気付かなかったらしい。

（うわっ、何あのイケメンっ⁉　少女漫画からそのまま出てきたような王子様じゃないの！）

ハインローグの身長は百七十七センチほど。金髪碧眼で、髪型はスッキリと清潔感のあるショートヘア。

大柄のシアンと違って細身だが、筋肉はしっかりとついている感じだ。

その一見華奢《きゃしゃ》に見える体格ながらハインローグは剣技にも秀《ひい》でていて、実力はSランク冒険者にも劣らないと言われている。

まるで絵に描いたような王子様に、リーヴェはちょっと引き気味になる。

嫌いというわけではないのだが、自分とはあまりに住んでいる世界が違いすぎて、イマイチ苦手だったのだ。

しかし、取り乱していたマクギリスは、ハインローグを見たとたんに落ちつきを取り戻す。

「ハ、ハインローグ殿下っ、これはその……あ、あの女は魔女です。ただちに始末しないと……」

「私には彼女が魔女には見えないね。君にとって都合が悪いから亡き者にしようとしているだけだろ？」

「し、しかし……」

「マクギリス、君は王都裁副長官だが、この場で解任する。私にそんな権限はないが、元老院会議にかけるまでもなく君は有罪だ。問題ないだろう」

ハインローグは剣の腕のみならず、判断力にも優れていた。

まさに完璧王子である。

「そ、そんなっ、待ってください、これは……」

「ごねるなら父に頼んで王命を出してもらうぞ。そうなれば、君は牢獄送りどころでは済まず、問答無用で処刑されてもおかしくないが？」

「しょっ⁉　ひいっ、わ、分かりました！」

ハインローグにぴしゃりと叱責され、マクギリスは肩をガックリと落とす。

そして、すでに裁判長ではなくなったマクギリスを、警備員たちは拘束して連れていった。

「久々に屋外法廷で裁判をやるというから見物しに来たが、なんとも面白い展開だったよ。リーヴェ・シェルムさん、君の噂は少し聞いていた。我が国に『白銀の魔女《シルバーウィッチ》』がいたとはね」

そう言いながら、ハインローグはリーヴェに向かって軽くウインクをする。

こんな仕草がキマる男は、ドイツにもアメリカにもいなかった。もちろん日本にもだ。

イケメン完璧王子様なんてフィクションだけの存在だと思っていたが、いるところにはいるものだなあと、逆に感心してしまうリーヴェ。

とりあえず、助けてもらったお礼を言うことに。

「あ、ありがとうございます。ハ……ハインローグ……殿下？」

「あれ、この王都に住んでいて私のこと知らないの？　ちょっとショックだな」

「い、いえ、すみません、たまたま……ど忘れしちゃってたようで」

苦しい言い訳をリーヴェはする。

この国の王族《ユーディス》関係なんてまるで興味がなかったから、王子どころか王様の顔すら知らないのだ。

マクギリスが『殿下』と呼んでいたから同じ敬称をつけて呼んだが、王子で本当に合っているのかどうか、見た目だけでは確信が持てなかった。

もちろん、王族がいることは知っていたが、『ラジエルの書』には人物に関する項目がないので、直に見る以外に外見を知ることはできない。

一応、肖像画などがあるので、それで確認する手はあるが。

「さて、アトレチオ。次は君の番だ。この王都でだいぶやりたい放題していたみたいだが、私が知らないとでも思っていたのか？」

法廷の反対側にいるアトレチオに、ハインローグが声をかける。

少し距離はあるが、この男の声は妙に遠くまで通る。そのため、静かな口調ではあったが、問題なくアトレチオには聞こえたようだ。

「で、殿下、騙されてはいけません、その女は本物の魔女です！　その証拠に……」

「まだそんなことを言ってるのか？　君の所業は全て耳に入っている。気になることもあったので、実はこっそりと王属特殊任務班に君を調べさせていたんだ。おかげで衝撃の事実も掴んでいるよ。君はとんでもないことを企《たくら》んでいるね？」

アトレチオの弁解を遮って、ハインローグは鋭く牽制する。

先ほどのマクギリスのときとは違って、かなりピリついた雰囲気を漂わせている。

「たった今、君の仲間の逮捕命令を出したところだ。すぐに全員逮捕されるだろう。君も観念するがいい」

飄々《ひょうひょう》としているハインローグではあるが、彼はその判断力に相応しく、かなりの切れ者だ。よって、王都を蝕《むしば》む存在にいち早く気付き、以前より独自で調査を進めていたのだ。

その結果、アトレチオと一部の貴族たちが、危険な計画を立てていたことを知る。

これに際し、アトレチオ一味を一網打尽にする機会を窺《うかが》っていたが、今がそのタイミングと判断して、先ほど一斉逮捕の命令を出したところだった。

ハインローグの言葉を聞いたアトレチオは、何か腹をくくったかの如く、表情を急に暗く変化させた。

崖から飛び降りようとする前の決意のようなものまで感じさせている。

「なるほど……もはやここでやるしかないということじゃな？」

アトレチオが意味不明な言葉を発する。

そして、ふところから何か紙のようなものを取り出すと、シュッと宙に投げた。

するとそれは光となってどこかへ飛んでいく。

これは緊急連絡用の魔導具だった。これを使えば、受信用の魔導具を持っている者に、メッセージを一瞬で届けることができる。

つまり、アトレチオは仲間に何らかの合図をしたということだ。

「アトレチオ、何をした？」

ハインローグから余裕が消え、厳しい顔つきでアトレチオを詰問する。

あとは無力となったアトレチオを捕らえるだけと思っていたが、そんな殊勝な男ではなかったらしい。

ハインローグは、アトレチオの往生際の悪さを甘く見ていたことを反省した。

「殿下……いや、ハインローグ。こうなったのはお前のせいじゃ。ワシはもうあとには引けぬ。逆らう者は全員殺してやる。覚悟しろ！」

その言葉の直後、ドゴゴという鈍《にぶ》い音と同時に地面が揺れた。

そしてズシン、ズシンという地響きとともに、何かがこの屋外法廷に近付いてくる。

音のする方向に人々が目を向けると……


そこには体長二十メートルもの巨大ゴーレムが、体をゆっさゆっさと揺らしながら歩いている姿があったのだった。


「な、なんだあの怪物は……!?」

民衆たちは恐怖におののきながら、巨大なゴーレムを見つめることしかできない。

通常のゴーレムは大きくても三メートル程度。それを考えると、あのゴーレムは完全に常軌を逸した大きさだ。

怪物とも呼べる巨体が、明らかにこの屋外法廷を目指して進んでいる。

現在距離は三百メートルほど。歩く速度から考えると、すぐにもここへ到着するだろう。

「アトレチオ、あんなものまで用意していたのか……！」

冷静だったハインローグもさすがに驚きを隠せない。このゴーレムのことまでは調査でも掴んでいなかったらしい。

しかし、こんな怪物が、いったい王都のどこにあったのか？

実はアトレチオの店で販売する魔導具などの在庫置き場——巨大倉庫の地下に、このゴーレムは密《ひそ》かに保管されていた。

これは数年前、古代の遺物としてある場所から掘り出されたものだったが、アトレチオがいち早く聞きつけ極秘で購入していたのである。

発見時はバラバラの状態だったが、パーツを一つずつ地下倉庫に運び込み、魔導器機製作士や付与魔術師などの専門家を集めてこの古代兵器の復元を試みた。

それは困難を極めたが、大型魔導具店を営むアトレチオにはその手の人材が豊富だったことも幸いし、復元は奇跡的に成功する。

そしてこの計画に携わった者たちは、用済みとなったために全員始末された。


それにしても、アトレチオは何故こんなものを王都に持ち込んでいたのか？

その理由は、このユーディス王国を乗っ取ることがアトレチオの野望だったからだ。

元々資産家だったアトレチオは、古代兵器《巨大ゴーレム》の情報を知ってこの計画を思いついた。

手始めに、魔導具販売を中心に自分の店を増やし、王都の商業を牛耳《ぎゅうじ》ることで経済的な支配力を高める。

その過程で有力貴族たちとも癒着を深め、自分の影響力を拡大する。

着々と力を溜めたところでクーデターを起こし、力ずくで王都を制圧して自分がこの国の王となる——巨大ゴーレムはそのための秘密兵器だったのだ。

アトレチオは、儲けた金の多くをこの計画に注《つ》ぎ込んでいた。

来《きた》る日のために、一部の貴族たちと組んで慎重に準備してきた。

それが、たかが女一人に関わっただけで、何もかもが狂ってしまった。計画ではクーデターはまだまだ先の予定だったが、こうなってはもう仕方がない。

「まさか、本当に『魔導タイタン』を起こすことになるとはの……」

アトレチオが先ほど緊急連絡をした相手はベラニカだった。

万が一を考え、ベラニカをゴーレムのもとに待機させていたのだ。

今回の裁判に負けることはありえないが、それでも万が一がある。

これほどの大金を注《つ》ぎ込んでまで負けたら、本当にアトレチオは終わりだ。だから、最悪の場合、何がなんでもちゃぶ台返しをするつもりだった。

ハインローグの邪魔も入り、その最悪の状況になってしまったので、最終手段を使ったわけである。

アトレチオから合図を受けたベラニカは、巨大ゴーレム『魔導タイタン』を起動し、その操縦席《コックピット》に乗り込んだ。

そして地下倉庫を破壊し、地上へと出る。

アトレチオの倉庫はこの中央裁判所の近くにあるため、秘密兵器《ゴーレム》を使うのにも都合が良かった。

事態に気付いた警備隊や兵士、魔導士たちがゴーレムへと向かい、歩みを止めるために弓矢や魔法の集中砲火を浴びせた。

しかし、どんな強力な攻撃を喰らわせても、ゴーレムにはまるで効いている様子はなく、彼らを蹴散らしながら広場《ここ》へ一直線に近付いてくる。

「アトレチオ、あの化け物を止めろ！　さもないと、容赦しないぞ」

ハインローグが本気の警告をする。

巨大ゴーレムは、もう広場の目の前にまで迫っていた。

「いやじゃな。このまま王都を破壊してやる。ワシの力をこれでもかと思い知らせてから、この国の王になってやるぞ」

しかし、アトレチオに怯《ひる》む様子はなかった。

完全に覚悟を決めているのだろう。

逆に、ハインローグに対し、脅しをかけてきた。

「『魔導タイタン』は無敵じゃ！　今すぐに降伏し、ワシにこの国を渡せば、お前たちの命を助けてやってもいいぞ」

「交渉決裂だな。仕方ない、アトレチオを殺せ！」

「やれるものならやってみろ！」

ハインローグは配下の騎士や警備隊に、アトレチオの抹殺指令を出す。

その言葉を聞き終える前に、アトレチオは法廷の裁判長席にダッシュした。

アトレチオはハインローグたちとは反対側の位置にいたので、騎士たちもすぐには追いつけず、そして周囲には民衆がいるので迂闊《うかつ》に攻撃もできなかった。

距離的に近かったアトレチオは先に裁判長席に到着し、机の上に置かれていたリーヴェの魔導具三つを奪い取って素早く装着する。

「ふひゃははっ！　やったぞ、ついに手に入れたぞ！　これでワシは無敵じゃ！　死にたいヤツはかかってこい！」

魔導具の効果をよく知りもせず、勝手に舞い上がるアトレチオ。

しかし、見た目が禍々《まがまが》しいだけに、そのハッタリの効果は絶大だった。

アトレチオの異様な様子を見て、騎士たちや警備隊は動けなくなる。

戦闘などまるでできないはずの男が、危険な雰囲気を感じさせている。間違いなく、今身に着けたあの魔導具に秘密があるのだろうと、騎士たちは推測する。

騎士たちや警備隊が硬直しているのを見て、早速魔導具の効果が発揮されているとアトレチオは思い込んだ。

やはりこの魔導具はすごい。これさえあれば無敵だ。

自分も魔女の力が使えるのだから。

ゲイナーたちから聞いた話では、魔女《リーヴェ》は謎の武器を手にしていたという。

それは爆発音とともに、稲妻のような攻撃を放ったらしい。

この魔導具さえあれば、恐らく自分も同じことができるだろう。いや、もっとすごいことすら可能に違いない。

アトレチオにもう怖いものはなかった。

さて、どうやって目の前のヤツらを殺してやろうかと考えていると……アトレチオは自分の体がおかしいことに気付いた。

「アトレチオ……大人しく手を上げろ。さもないとお前を弓で撃つ」

騎士たちや警備隊は、アトレチオに接近するのは危険と判断し、慎重に動きながら距離を取った。

そして、離れた場所から弓を構える。

「ちょっ、待て……なんじゃこれは⁉」

体が動かない。

威勢良く彼らを威嚇したあと、アトレチオはまったく動けなくなっていた。

「手を上げないのか？　ならば撃つぞ」

警備隊が二度目の警告をする。そう言われても、アトレチオはいっさい体を動かすことができないのだ。

三つの呪い装備を着けたアトレチオの身体能力は千分の一となっていた。

もはや服の重さで腕など上がるわけもなく、立っているのもやっとの状態。

これは魔導具の効果だと気付き、アトレチオはなんとか外そうと試みるが、筋力があまりにも低すぎてどうにもならない。

アトレチオが硬直しているうちに、弓を構えた警備隊がぞろりとアトレチオの前に並んでいく。

「あと三秒数える。それまでに手を上げなければ撃つ。手を上げる以外の行動をしようとしても撃つからな」

「ま、待て、待ってくれ、手が、手が上げられんのじゃ！」

青ざめた顔で言い訳をするアトレチオ。

もう逆らう気はない。助かるためならすぐにでも手を上げたい……でも動けないのだ。

「三……二……」

「待て、本当じゃ、本当に上げられんのじゃ、信じてくれ！」

この期《ご》に及んで、アトレチオの言葉を信じる者などいなかった。

やらねばやられる。警備隊たちに慈悲はない。

「一……」

「くうっ、ワ、ワシがこの国を支配する、ワシが、ワシこそが世界をぉっ！」

「〇……撃て！」

「ぶぎゃあああああ……！」

警備隊の放った矢はブスブスと次々に全身に刺さり、アトレチオはハリネズミのような姿になって絶命した。

六．リーヴェの未来

「アトレチオ……惨めな最期《さいご》だったな。別の生き方もあったろうに……」

処刑を見届けたハインローグが、権力欲に取り憑かれた男の亡骸《なきがら》に話しかける。

そしてその死を哀れむ間もなく、とうとう巨大ゴーレムがこの場に到着してしまった。

その頭部の一部は透明になっており、そこから中に搭乗しているベラニカの姿が見えた。

ベラニカは下を見下ろし、アトレチオが亡くなったことを知る。

「あらあら、アトレチオ様ってば死んじゃったのね。じゃあこの『魔導タイタン』はワタシのものよね。そしてこの国もワタシのもの」

ベラニカがもしも勝手に暴走したときのために、アトレチオはゴーレムの機能を停止する秘密の魔導器《スイッチ》を持っていた。

しかし、そのアトレチオが死んだため、もはやゴーレムを止められる者はいなくなった。

今王都の命運を握っているのは自分なのだと、ベラニカはほくそ笑む。

ベラニカはここに来るまでに、立ち塞がる騎士や魔導士を何人も蹴散らしてきた。手ではたき殺したり、足で踏み潰した者もいる。

『魔導タイタン』は巨体ながら、その動きはけっして遅くはなかった。そのため、逃げる反応が少し遅れただけで、騎士たちは簡単にその餌食《えじき》になってしまった。

「フフフッ、愚民たちを殺戮《さつりく》するのは楽しいわ。さあ、新しい支配者であるワタシに跪《ひざまず》きなさい。従《したが》う者だけ生かしてあげる」

ベラニカがゴーレムの中から降伏を命じる。

自分が操る圧倒的な力に、完全に溺れている状態だ。

ベラニカはアトレチオに一番近い側近だったため、アトレチオが持っていた力をそのまま受け継ぐことも難しくない。

クーデターの計画についてもよく知っている。

この『魔導タイタン』を利用すれば、問題なく成功するはず。

民衆はすでに避難しているが、ハインローグや騎士たち、警備隊はこの場に残り、ゴーレムと対峙している。

そして王城から緊急で駆けつけた王宮騎士団や宮廷魔導士たちも加わり、総勢でゴーレムを包囲するが、ベラニカに動じた様子はなかった。

「どうやらワタシの言ってることが分からないようね。なら、もう少し『魔導タイタン』の力を見せてあげましょう」

そう言ってまた周囲の人間を蹴散らし始める。

強力な攻撃力を持つ王宮騎士や宮廷魔導士でも、ゴーレムには傷一つ付けられない。

王都が保有する総戦力で戦っても、到底勝ち目など見えない状況だ。

リーヴェは、できれば自分の力を見せたくなかった。

アトレチオと関わったせいで波乱の異世界生活となってしまったが、本来は目立たず平穏に暮らすことが望みだった。

『白銀の魔女《シルバーウィッチ》』などと恐れられていることもあるし、人間離れした強さを見せることはプラスとは思えない。

だが、あの暴《あば》れ回るゴーレムを止められるのは自分しかいない。

どうしようかと悩んでいたが、これ以上負傷者を出させないために、リーヴェはついにその力を使うことを決意した。

「ベラニカ、私が相手よ！」

リーヴェは法廷から飛び出し、巨大ゴーレムに乗るベラニカに向かって呼びかける。

それに気付いたベラニカは騎士たちを追うのをやめ、リーヴェのほうにゴーレムを向けた。

「アンタは……リーヴェ・シェルム！　アンタだけは必ず抹殺しようと思ってたわ。アンタのせいで、あの馬鹿なアトレチオに何度くだらない説教をされたことか……！」

「あら、説教喰らったのはあなたが無能だからってだけでしょ。私のせいにしないでほしいわね」

口の悪さなら超悪役級《ラスボス》であるリーヴェが、ベラニカを挑発する。

いや、強さも超悪役級《ラスボス》であるのだが。

「ウフフ、ああなんて素晴らしいひとときなの。憎いアンタをこの手で殺すことができるなんて、ワタシは今最高の気分よ。神に感謝しなくちゃね」

「どうかしら？　神様はあなたの味方なんかしてくれないと思うけど？」

憎まれ口を叩きながらも、リーヴェは棒立ちのままだ。その様子を見たベラニカは、恐怖で動けないクセにただ強がっているだけだと受け取る。

女には手を出さないとでも思っているのだろうか？

だとすれば、甘ちゃんな考えだ。

たとえ相手が幼い少女であろうとも、自分を邪魔するヤツには容赦などしない。それがベラニカだった。

「わざわざワタシの前に出てくるなんて、本当に馬鹿な女ね。ペチャンコに潰れて死になさい！」

ガシャーーーンッ！

『魔導タイタン』の巨大な手のひらが、リーヴェのことを頭から叩き潰す。

ベラニカの脳裏《のうり》には、リーヴェの無惨な光景が浮かび上がる。

……が、そのリーヴェは棒立ちのまま、かすり傷一つ付かずに立ち続けていた。

破壊されたのはゴーレムの手だ。リーヴェをはたいた瞬間、粉々に弾《はじ》けていた。

分厚い鋼鉄ですら軽くひん曲げるほど、凄まじいパワーと硬さを誇る『魔導タイタン』なのに。

「こ……これはっ!?　い、いったいどういうことなのっ!?」

「知らないの？　純真無垢な乙女には、神様の加護が付いてるってことよ」

リーヴェのセリフを聞いたシアンが、うえ～といった渋い表情をする。

幼い見た目からは想像もつかないような小賢《こざか》しい口の利き方や態度を取るくせに、どの口がそんなことを言うのか。

しかし、ベラニカは相当ショックを受けたようだ。

「ば、化け物……なるほど、殺し屋たちが失敗したのは偶然じゃなく、アンタが本物の『白銀の魔女《シルバーウィッチ》』だったからなのね。なら仕方ないわね、奥の手を使わせてもらうことにするわ」

ベラニカの言う通り、『魔導タイタン』には最終兵器が搭載されていた。

炎の魔力がたっっっっっぷりと詰まった『超炎熱魔導爆弾』だ。

爆発すれば、周囲一帯が火の海に包まれる。この場にいる者たちはおろか、離れた場所に避難している人々まで巻き添えになるだろう。

これはどうしても相手が降伏しないときに、最終的な脅しとして使う予定だったのだが、リーヴェを倒せるのはもうこれしかなかった。

ベラニカの操作により『魔導タイタン』の胸部装甲が開き、奥から大型の爆弾が姿を見せる。

「ちょ、ちょっとそれって……！」

『奥の手』という言葉を聞いて警戒していたので、リーヴェもすぐにその正体に気付いた。そしてどうすればいいか、瞬時に頭を回転させる。

うっかり爆発させてはまずいから、迂闊《うかつ》にボディーは殴れない。

爆弾ごとゴーレムをぶん投げる時間もない。

とすれば、取れる方法はただ一つ……

「さあ、この場にいる者たちは全員灰になるのよっ！」

ベラニカが叫びながら爆弾発射のスイッチを入れようとした。

「させないわ！」

即座にリーヴェはジャンプし、ベラニカが搭乗している操縦席《コックピット》部分を下からすくい上げるようにはたく。

この爆弾を止める方法――それは、司令部分である頭部と爆弾のある胴体を切り離すことだった。

ベラニカがスイッチを押しきる寸前に、一瞬早くリーヴェのビンタが決まった。

バゴオオオオオオオオオォォォォォォォォォォォォーーーーーーン。

上方七十度の方向へ、ゴーレムの頭部だけがぶっ飛ばされる。

ベラニカを乗せたまま、それは時速四万九千キロメートル（マッハ四十）で遙か彼方に消えていった。

その後、この物体とともにベラニカの行方も分からなくなってしまったが、もしかしたら大気圏を突破して宇宙にまで到達したのかもしれない。

「あっ、しまった……手加減するの忘れちゃった」

まさに危機一髪だったので、『呪いの魔導具』を外していることも忘れ、リーヴェは全力でぶっ叩いてしまった。

その結果がこれだ。

だが、もし躊躇《ちゅうちょ》していたら、爆弾が発射されていたかもしれない。

仕方ない犠牲だった……とリーヴェは諦めることにした。

「リーヴェさん、すごいですね！　こんなに強かったとは知りませんでしたよ」

離れた場所に避難していたテオが、無事解決したのを見てリーヴェに駆け寄ってきた。

少し遅れて、シアンやハインローグもゆっくりと近付いてくる。

「テオさん、今回は私のせいで巻き込んでしまい、すみませんでした」

「別に僕は構いませんよ。それより、リーヴェさんが無事で良かった」

「これで本当に全て決着したな」

すぐそばまで来たシアンが、やれやれといったポーズを取りながらリーヴェに話しかけた。

まさか、こんな展開になるとはまったく思ってなかっただけに、さすがのシアンも不安いっぱいで見守っていた。

まあその不安の半分は、リーヴェがとんでもないことをやらかすのではないかというものだったが。

最後にハインローグが到着し、リーヴェの正面に立つ。

「いやはや、君が本物の『白銀の魔女《シルバーウィッチ》』だったとは……さっきのは冗談で言ったんだがね。こんなに驚いたのは生まれて以来二十五年で初めてだ」

と、さほど驚いた様子もなくハインローグは言う。

(生まれて二十五年？　ってことは私と同い年か。落ちついてるから年上だと思ってたわ)

そういうリーヴェは十六歳……いや、見た目は十四歳といったところだが。

「私は本当に『白銀の魔女《シルバーウィッチ》』じゃないんです。たまたま不思議な力を手に入れただけで……」

「たまたまねえ……」

ハインローグは何やら含みのある言い方で答える。

(なんだろう、このイケメン王子は？　私について何か知ってるのかしら？)

リーヴェが少し怪訝《けげん》に思っていると、ハインローグはおもむろにリーヴェの手を取り、そのまま胸のところまで持ち上げ両手で握りしめた。

そしてリーヴェを見つめながら言葉を続ける。

「リーヴェさん、君に興味が出てきたよ。我が国を救った報賞はもちろんのこと、是非君を王宮の夕食会《ディナー》にも招待させてほしい」

「ええっ、わ、私なんかにそんなことまでしてくれなくても……」

イケメン王子に間近まで顔を寄せられ、思わずリーヴェがおたおたしながら体を引いたところ、シアンがぼそりとリーヴェに耳打ちした。

「いい男に言い寄られて良かったな。上手くいきゃお前も玉の輿……イテエッ！」

シアンが足の甲を押さえて飛び上がる。リーヴェが踏んだからだ。

「おまっ、オレじゃなかったら骨が砕けてたぞ！」

（あっ、いっけない！『呪いの魔導具』を外してたこと忘れてた！　でもシアンが悪いんだからね。余計なこと言うから！）

反射神経の鋭いシアンだからこそとっさに足を引けたが、下手をしたら完全に粉砕していた可能性もあった。

力を入れるときは気を付けなきゃ、とリーヴェは反省する。

「それじゃリーヴェさん、夕食会《ディナー》でまた会えることを楽しみに待ってるよ」

ハインローグがお供の騎士たちを連れて去っていく。

それを見送ったあと、テオがリーヴェに近付いて声をかけた。

「僕はリーヴェさんと出会えたことを神様に感謝するよ。君のおかげで、歯車が狂いかけていた僕の人生が、また明るく楽しいものになった」

「私こそ、テオさんと出会えなかったら、今頃どうなっていたか分かりません。これからもずっとよろしくお願いします」

そう言いながら、リーヴェは深々と頭を下げる。

テオだけじゃなく、シアンと出会えなかったら今のリーヴェはなかっただろうが、何故かその言葉をシアンには言えなかった。

「んじゃあそろそろ帰るか」

「うん！」

全てが終わり、リーヴェは笑顔でシアンに返事をする。

来たときから手荒い歓迎をされまくりだった異世界だが、命懸けで紆余曲折を乗り越えたリーヴェは、この世界をいとおしく感じるようになっていた。

私はアウグリウム《ここ》で生きていく――一歩一歩大地を踏みしめつつ、改めてそう決意した。

（次はどんな研究をしようかしら？　ああ、やりたいことがいっぱいあるわ！）

どこまでも続く青い空を見上げながら、リーヴェは胸いっぱいに希望を膨らませるのだった。

新＊感＊覚　ファンタジー！

Regina
レジーナブックス

イラスト／甘塩コメコ

★トリップ・転生

聖女の姉ですが、宰相閣下は無能な妹より私がお好きなようですよ？1～3

渡邊《わたなべ》香梨《かりん》

わがままな妹のマナから逃げ出したはずが、何者かによって異世界に召喚されてしまったレイナ。 話を聞くとなんと当の妹が「聖女」として異世界に呼ばれ、世話係としてレイナが呼ばれたという。また妹のお守りなんて冗談じゃない！ 激怒した彼女は、とある反乱計画を考案する。その計画に宰相エドヴァルドが加わって――？

イラスト／1巻：凪かすみ
2巻：フルーツパンチ。

★恋愛ファンタジー

婚約破棄された目隠れ令嬢は白金の竜王に溺愛される1～2

高遠《たかとお》すばる

義理の家族に虐げられている伯爵令嬢リオン。婚約者の王太子を義妹に奪われ、挙句身に覚えのない罪を着せられて国外追放を言い渡されてしまう。助けて、だれか。そう呟いたリオンを救ってくれたのは世界最強の竜王ラキスディートだった。彼はリオンを愛しい番(つがい)と呼び、大きすぎる愛情を彼女に向けてきて――!?

詳しくは公式サイトにてご確認ください。

https://www.regina-books.com/

この作品に対する皆様のご意見・ご感想をお待ちしております。
おハガキ・お手紙は以下の宛先にお送りください。

【宛先】
〒150-6019 東京都渋谷区恵比寿 4-20-3 恵比寿ｶﾞｰﾃﾞﾝﾌﾟﾚｲｽﾀﾜｰ 19F
（株）アルファポリス　書籍感想係

メールフォームでのご意見・ご感想は右のＱＲコードから、
あるいは以下のワードで検索をかけてください。

アルファポリス　書籍の感想　検索

ご感想はこちらから

本書は、「アルファポリス」（https://www.alphapolis.co.jp/）に掲載されていたものを、
改題、改稿、加筆のうえ、書籍化したものです。

ぶっ壊れ錬金術師《チート・アルケミスト》はいつか本気《ほんき》を出《だ》してみたい

魔導《まどう》と科学《かがく》を極《きわ》めたら異世界最強《いせかいさいきょう》になりました

赤白玉ゆずる（あかしらたま ゆずる）

2024年 4月 5日初版発行

編集－徳井文香・森 順子
編集長－倉持真理
発行者－梶本雄介
発行所－株式会社アルファポリス
〒150-6019 東京都渋谷区恵比寿4-20-3 恵比寿ｶﾞｰﾃﾞﾝﾌﾟﾚｲｽﾀﾜｰ19F
TEL 03-6277-1601（営業） 03-6277-1602（編集）
URL https://www.alphapolis.co.jp/
発売元－株式会社星雲社（共同出版社・流通責任出版社）
〒112-0005 東京都文京区水道1-3-30
TEL 03-3868-3275
装丁・本文イラスト－冬海煌
装丁デザイン－AFTERGLOW
（レーベルフォーマットデザイン―ansyyqdesign）
印刷－中央精版印刷株式会社

価格はカバーに表示されてあります。
落丁乱丁の場合はアルファポリスまでご連絡ください。
送料は小社負担でお取り替えします。

ISBN978-4-434-33632-4 C0093